おいしいかい？
あい！
さくさくで口の中に入れるとほろりと溶ける、
公爵家の料理人が私の為に作ってくれたクッキーだ。
焼きたてだからまだほんのり温かい。
推しと向かい合っておやつを食べる
素晴らしさと言ったら！
しかもこの庭は小説にも出てきてた、聖地！
聖地と推し！　完璧で最高です！

エルンスト・
ローゼンベルク
ローゼンベルク公爵にしてセリオスとレティシアの父。
モコ
レティシアの魔力を吸い取ってくれる可愛いもふもふ精霊。
セリオス・
ローゼンベルク
レティシアの兄で小説内ではラスボス化&悲劇的な死の運命にある少年。クールな性格で氷属性の魔力を持つ。病弱な妹レティを溺愛している。
レティシア・
ローゼンベルク
小説「グランアヴェール」の最推しキャラ・セリオスの妹に転生した本作主人公。愛称はレティ。大好きな兄と自分の死亡フラグを折るべく日々奮闘中。

アベル
小説「グランアヴェール」で主人公の勇者となる少年。
フィオーナ・ハイクレア
小説ではセリオスの婚約者であった姫。エルヴィンの腹違いの妹。
エルヴィン・ハイクレア
セリオスの親友を自称する王太子。炎属性の魔術が得意。俺様気質だが根は素直でレティシアのことも気にかけている。

「我は聖剣。その娘は我の契約者である」

まるで闇夜を閉じこめたかのような艶やかな黒い髪に、夜空に浮かぶ月のような金色の瞳。

世界で一番麗しいのはセリオスお兄様だと思うけど、この人も人ならざる美しさだ。

黒一色の執事服を着た姿は、まるで夜を具現化したかのよう。

まったくその気配に気づかなかったお兄様は、すぐに私を背にかばう。

グランアヴェール
Grand Avail
1
Author. 彩戸ゆめ
Illust. まろ
お守りの魔導師は
最推しラスボス
お兄様を救いたい

Contents

口絵・本文イラスト　まろ

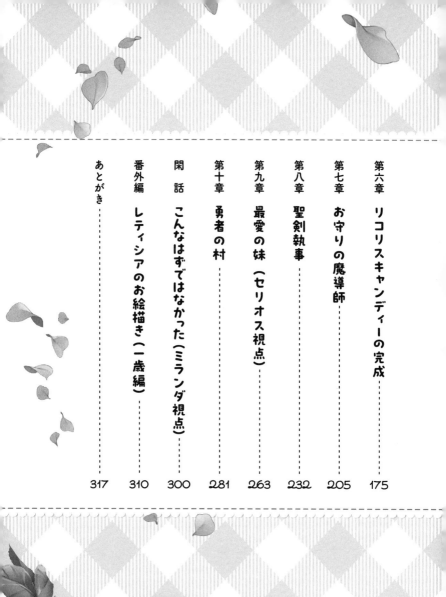

第一章

転生先は推しの妹でした

勇者アベルの持つ白銀に輝《かがや》く聖剣《せいけん》が、親友だったセリオスの胸を深く貫《つらぬ》く。

「セリオス……なんでだよ……。俺《おれ》たちは一緒《いっしょ》に魔王《まおう》を倒《たお》した仲間じゃないか」

慟哭《どうこく》しながらのアベルの問いに、口から血を流すセリオスは薄《うす》く笑う。

「仲間だった時もあった。……だが、私はずっと君が憎《にく》かった。なぜ君だけが光《ひか》り輝いているのか。私の光は失われたというのに」

無理に言葉を発したからか、セリオスはゴボリと血を吐《は》いて、ゆっくりと後ろに倒れていく。

セリオスの胸から聖剣が抜《ぬ》け、アベルの手に伝わっていた手ごたえがなくなる。

まるで世界から一切《いっさい》の音がなくなったかのような静寂《せいじゃく》が訪《おとず》れる。

そしてセリオスがゆっくりと倒れる音が響《ひび》いた。

「ああ、私の光……」

仰向《あおむ》けになったセリオスは、まるで手に入らぬ何かをつかみ取ろうとするかのように、空に向かって手を伸《の》ばす。

だが伸ばされた手は何もつかむことができず。

そのまま力を失って、自らの血の海の中に沈《しず》んだ。

「セリオ―――ス！」

◇◇◇◇◇

「あああああ。推しが……推しが死んじゃったぁぁぁ！」

病室のベッドの上で読んでいた本を閉じて胸に抱《だ》いた私は、もう消灯の時間だというのに思わず叫《さけ》んでしまった。

叫んでから慌《あわ》てて手で口を押《お》さえる。

危ない危ない。今日は確か看護師長さんが夜勤のはずだ。大声を出したのがバレたら絶対に怒《おこ》られる。

私は急いで掛《か》け布団《ぶとん》をかぶるとその中に隠《かく》れ、声をひそめながら叫んだ。

「確かに最終巻だからラスボスのセリオス様が倒されるかもとは思ってたけど……。でも改心してハッピーエンドだっていいじゃなーい！」

私、桜井真奈《さくらいまな》は、病弱で入退院を繰《く》り返していたせいで同年代の友達がいない。

唯一《ゆいいつ》の友達は漫画《まんが》や小説のキャラクターたち。

物語の中でなら、私も普通《ふつう》の子と同じように生活をして、笑って、学校に通って、そして異世界で冒険《ぼうけん》することもできた。

特にお気に入りなのは『グランアヴェール《偉大なる未来の翼》』というお話だ。

小説だけでなく、漫画化されたり映画化されたりしたこの作品は、出版不況《ふきょう》と言われる時代に大ブームを起こし、最新刊の発売日には書店に長蛇《ちょうだ》の列ができるなど社会現象にまでなった。

物語は王道のファンタジーで、聖剣を手にした少年が様々な人々との出会いと別れを繰り返して成長していき、魔王《まおう》を倒す為《ため》の旅を続けるというもの。

主人公とその仲間だけでなく敵キャラの苦悩《くのう》にも焦点《しょうてん》を当てたお話は、あらゆる世代の共感を得た。

そして私の最推しは、セリオス・ローゼンベルク。

学園に入学する前に最愛の妹を喪《うしな》い、感情を失ってしまう氷の貴公子だ。

アイスブルーの切れ長の瞳《ひとみ》に、後ろでゆるく結んだ銀色の髪《かみ》。

そのビジュアルだけでも好みなんだけど、セリオスの婚約者《こんやくしゃ》でありパーティーの回復役でもあるヒロインの王女が、魔王討伐《とうばつ》の旅に同行するうちに勇者に惹《ひ》かれていくのを知って静かに身を引こうとする描写《びょうしゃ》が、凄《すご》く好みで大好きだった。

そして苦難の末に魔王を倒して王都に凱旋《がいせん》するんだけど……なんとセリオスはラスボスとなって主人公の行く手を阻《はば》むのである。

そして、敗れてしまった。

「セリオス様を幸せにする会の会長の私としては、どう幸せにするかをずっと考えてたのに、こんなのないよ。だって国宝級……ううん、世界遺産級イケメンのセリオス様だよ？　幸せにならないなんて、おかしい」

布団《ふとん》の中でぎゅっと本を抱《かか》えたまま呟《つぶや》く。

声を出しちゃいけないんだけど、あまりのショックに口に出さずにはいられない。

「私が妹だったら、セリオス様を絶対幸せにしてあげられるのに」

セリオス様の妹も病弱で早くに亡《な》くなってしまうんだけど、もし私が妹だったら、絶対に根性《こんじょう》で長生きするわ。

だってセリオス様が兄なのよ、兄！

そんな幸せな境遇《きょうぐう》なら、一分一秒でも長生きしなくちゃもったいない。

「しかも最後まで勇者に乗り換《か》えた婚約者《こんやくしゃ》の王女を愛してたとか尊い。尊すぎるー！　はああ、大好き」
私は本を抱えたままベッドに仰向けになる。
そして小説を両手で持って続きを読もうとした時――。
「うっ……！」
胸に鋭《するど》い痛みが走った。
急に息ができなくなる。
発作《ほっさ》だ。
しかもさっきまで興奮してたからか、いつもよりひどい。
すぐナースコールしないと……。
震《ふる》える手でボタンを押《お》す。
そして――。

◇◇◇◇

発作を起こした後の目覚めはすっきりしないことが多い。
でも目を開けられたってことは、今回も無事に発作を乗り越《こ》えられたんだと思ってホッとする。

だって『グランアヴェール』の最後まで読んでないんだもの。

セリオス様は死んじゃったけど、回想シーンでまた登場するかもしれないから、全部読むまでは死ぬに死ねない。

そんなことを思いながら、病室の白い天井《てんじょう》を見上げ……ん？

天井が白くない？

というより、真っ青な空に白い鳥が飛んでいて虹《にじ》のかかっている絵が描《か》いてある。

これ、どこかで見たような……。

あ、そうだ。

この間テレビで見たヨーロッパ特集の、お城の天井に描かれてるやつに似てる。

もしかして、知らない内に病院の特別室に移ったとか？

それにしても天井にこんな絵を描くかなぁ。

とりあえず起きてみようと思ったけど、体が動かない。

「あ……うー……」

それどころか声も出ない。

こ、これはかなり危険な状態なのでは……。

言うなれば、かなり死にかけというか、なんというか。

そこへドアが開く音がする。

発作がひどかったせいか、音のした方に顔を向ける事もできない。きっと看護師長さんが様子を見にきてくれたんだろう。

うう。小説を読んで興奮したのを怒られるに違《ちが》いない。

でも看護師長さんもきっと『グランアヴェール』を読めばその魅力《みりょく》に納得《なっとく》すると思うんだけどなぁ。

私は抱えていたはずの本を探す。

でも腕《うで》が上がらない。

ベッドの横に誰《だれ》かが立つ気配がする。

そして私の顔を覗《のぞ》きこむようにしている人の顔が見えた。

あれ、看護師長さんじゃない……。

そこにいたのは、今まで見たこともないような六、七歳《さい》くらいの美しい少年だった。

誰？　どうして私を見てるの？

知らない子のはずなのに、どこか既視感《きしかん》がある。

驚《おどろ》いた私は体の中が熱くなって息ができなくなる。発作が起きたのだ。

息を吸って吐いて、と呼吸を整えようとするがどんどん苦しくなる。

やっとの思いで助けを求めて伸ばした手が小さい。

なんでこんなに手が小さいの？

あの天井はなに？

そしてあなたは誰？

伸ばした手に温《ぬく》もりが触《ふ》れる。不安で仕方がない私に、温かさを灯《とも》してくれるようだ。

でも……。

私は、そのまま意識を失った。


暗闇《くらやみ》の中でがやがやと話す声がする。

どうやらまた生き延びたみたい……。

目を開けて気を失う前に見た手を上げてみる。やっぱり小さい。

この小ささって……赤ちゃんだよね。

しばらくパニックになった私だけど、指一本動かすことができないせいで考える時間はたっぷりあった。

そして考えた結果――。

どうやら私は、あの発作で死んでしまって、赤ちゃんに転生してしまったらしい。

目を開けるとすぐに視界に飛びこんでくる、ヨーロッパのお城にも負けないゴージャスな天井画《てんじょうが》を見る限り、どうやらここは日本ではなさそうだ。

ヨーロッパだとしたら、どこの国でいつの時代だろう。

言葉が通じるといいんだけど……。

それよりも発作を起こした後と同じような体の重さが気になる。

目を覚ました時よりだいぶ気分は良くなっているけど、いまだに体は動かない。

また、病弱なんだろうか。

もし生まれ変わるのだとしたら、次は必ず健康な体に生まれたいと願っていたのに。

重くなった心を持て余して落ちこんでいると、視界の隅《すみ》に気を失う寸前に見た美少年がいた。

少し薄い色の、アイスブルーの目が印象的だ。

「坊《ぼっ》ちゃま、お嬢様《じょうさま》はご無事ですよ」

美少年の隣《となり》には、いかにも執事《しつじ》ですといったおじさまがいた。

きっちりとなでつけた髪に糊《のり》のきいたシャツを着ていて、厳しい中にも優《やさ》しそうな雰囲《ふんい》気《き》を持つナイスミドルだ。

執事らしき人の言葉に、美少年は「良かった……」と涙《なみだ》ぐんでいる。

「ドキドキさせると命の危険があります。驚かせたり、心拍数《しんぱくすう》を上げたりすることの無いように」

執事とは別の人の声がする。

話の内容からするとお医者さんだろうか。

「先生、ありがとうございます」

「ご子息は妹思いでいらっしゃる」

妹ということは……どうやら美少年は私の兄らしい。

これだけ心配してくれてるってことは、妹思いの優しいお兄ちゃんみたいで良かった。

でも、どこかで会ったことがあるような気がするんだよなぁ。どこだろう。

そっと近寄ってくる美少年にドキドキしてしまう。

ドキドキしちゃダメ。

また気を失っちゃう！

そう思うものの……。

「セリオス様は本当にレティシア様を可愛《かわい》がっておいでですね」

執事さんの感情のこもった言葉に思考が止まる。

……は？

今、もしかしてセリオス、って言った……？

セリオスという名前を持つ美形は、私の知る限り最推しであるセリオス・ローゼンベルク様しかいないんだけど……。

まさかね。だってこんなに小さくないし。

それに鉄壁《てっぺき》の無表情と呼ばれたセリオス様にしては表情が豊かすぎる。

でも……。

銀色に輝く髪。

一見冷たく見えるけど、今は心配そうな色をたたえているアイスブルーの瞳。

それはまさしく私の最推し、セリオス様の色。

ということは、本当に本当で本物のセリオス様⁉

そう思った瞬間《しゅんかん》、私はまた意識を失ってしまった。


小説『グランアヴェール』の中で、勇者アベルの親友として登場するセリオス様は、剣も魔法《まほう》も得意で序盤《じょばん》では勇者よりも活躍《かつやく》していた。

魔力過多という病気で妹を亡くしていて、同じように魔力過多で苦しんだアベルを弟のように可愛がっていたことから、伸び悩《なや》む勇者に適切なアドバイスを与《あた》えていた。

そんな頼《たよ》れるお兄さん枠《わく》のセリオス様は、『グランアヴェール』で勇者よりも人気のキャラだった。

トレードマークの無表情は、可愛がっていた妹が目の前で死んでしまったせい。

どうやら私は、その亡くなった妹のレティシアに転生してしまったみたい。

「このままだと私は死んじゃって、そのショックでセリオス様は原作通りの無表情になっちゃう……？」

それはダメだ。

だって「セリオス様を幸せにする会」の会長として、私にはセリオス様を幸せにする義務があるもの。

魔力過多というのは、体内の魔力が多すぎて体が耐《た》えられなくなってしまう病気だ。

感情が高ぶると、体内の魔力が一気に増えてしまう。

ある程度まで育てば増える魔力に体が耐えられるようになるらしいけど、小説のレティシアはそこまで持たなかったみたい。

それなのに最推しのセリオス様がお兄様とか……。

間違《まちが》いなく、毎日胸がドキドキしちゃう。

でも小さい頃《ころ》のセリオス様を前にして、興奮しないでいられるだろうか。

……どう考えても無理。

いや、無理とか言っちゃいけないんだけど。だってもし私が死んじゃったら、セリオス様の心に傷を負わせることになってしまうから。

「セリオス様を幸せにする会」の会長として、それだけはやっちゃいけない。

だったら私が自分の心臓とメンタルを鍛《きた》えるしかない。

最推しのセリオス様のために、何としてでも生き延びなくては！

とは言っても、魔力過多を治さないと根本的な解決にはならない。

魔力過多で生まれる子供は少ない。

なぜなら、母体よりもはるかに多い魔力の子供がお腹《なか》の中にいるせいで、母親も疑似的《ぎじてき》魔力過多の状態になってしまうからだ。

その上更《さら》に出産となると、母体にかかる負荷《ふか》はとてつもなく大きい。

だから魔力過多の子供はお腹の中で育たないし、なんとか出産を迎《むか》えたとしても、母親と一緒に命を落としてしまうことが多い。

周囲の会話から察するに、私の母も出産時に亡くなってしまったらしく、私もずっと仮死状態だったようだ。

お医者さんが私の状態を見ながら回復魔法をかけてくれていたおかげで、何とかこの一年間、死なずに済んでいたみたい。

軽い魔力過多ならば成長するにつれ治ることがあるし、家族であれば多少なら増えすぎた魔力を吸い取ることができるから命を落とすまではいかない。

でも私のように仮死状態で生まれる子供は、そこで生き延びたとしても、大人になる前に増えすぎる魔力に体が耐え切れず死んでしまう。

『グランアヴェール』の主人公、勇者アベルも魔力過多で、五歳を過ぎる頃には体が成長して寝こまなくなったけど、治ったわけではないので、発作によって倒れることが多かった。

ある程度育ってからは発作を起こすこともなく元気になったんだけど、森の中で幼馴染が魔物に切りつけられたショックで魔力の暴発を起こしてしまう。

その時にアベルの魔力を感知した聖剣が深い眠りから目覚め、アベルを呼んだ。そしてそこにしか生えていない黄金のリコリスの花粉を吸いこんだことによって、体内で荒れ狂っていた魔力が落ちついていき、アベルはなんとか死なずに済んだ。

アベルが学園で出会ったロバート先生にその話を教えたことによって、ロバート先生により黄金のリコリスを原料とした特効薬が発明され、アベルの魔力過多は完治するのだ。

つまり聖剣のある洞窟に行けば特効薬になる花が咲《さ》いてるはずなんだけど、まだ赤ちゃんだから取りに行けないのよね。

いくら私が前世の記憶《きおく》を持つハイパー凄い赤ちゃんだとしても、さすがにもう少し大きくならないと無理。

それまで何とか発作を起こさないようにしなくちゃいけないんだけど……。

とりあえずセリオスお兄様を見て興奮しすぎないようにしないとダメだわ。

「レティ、早く元気におなり」

でも、でも、推しが最高に可愛いんですけどぉ！

私の小さな手をぎゅっと握《にぎ》るお兄様。

よく覚えてないけど、私、前世でどんな徳を積んだんですか？

もうこの手を洗わなくてもいいですか？

神様仏様、この世界の創造神様、私を転生させてくださってありがとうございます！

本当に毎日が幸せです。

大人になった表情筋の死んでるクールなセリオス様も素敵《すてき》だけど、まだ小さくて頬《ほお》に丸みも残ってて、艶《つや》やかな銀髪《ぎんぱつ》もまだ短くて、綺麗《きれい》なアイスブルーの瞳も切れ長なんだけど子供らしくまん丸で。

そんなこの世の可愛さをすべて集めて神様が作った最高に可愛い美少年を前に、興奮するなっていうほうが無理だよね。

つまり、毎日死にかけてます。はい。

小説でも、レティシアは「セリオスの死んだ妹」としか出てきてない。

まさか小説のレティシアも兄の麗《うるわ》しさに興奮して死んじゃったなんてことは……。

いや、さすがにそれはないか。

実の兄妹《きょうだい》だもんね。

でも、前世も今世も死因が「推しに興奮した為」っていうのは情けない。

それに私も、もっともっと推しを堪能《たんのう》したい。

だからがんばって推しに慣れて興奮しないように……。

「にー」

お兄様の手をがんばって握り返す。

すると喜びにあふれた笑顔《えがお》が返ってきた。

ああああああ。

尊い！

尊いですー！

「レティ、もしかして、にーって僕《ぼく》のこと？」

「にーに、にー！」

そうです。私の最愛のお兄様。

秘《ひそ》かに練習してました！

やっと披露《ひろう》できる。わーい。

もうちょっとがんばって、お兄様って言えるようになるから、待っててくださいね。

「ああ、レティ、嬉《うれ》しいよ！」

私の思いが通じたのか、お兄様は花よりも美しい満開の笑みを浮《う》かべて私に抱き着いた。

ひーえー！

推しが、推しに、抱きしめられてるううううううううう。

あ……。

体の中の魔力がぶわっと膨《ふく》らむ。

膨らんで、膨らんで、弾《はじ》け……ないように……が、がまんっ……。

「レティ？　レティ！　ロバート先生、レティがー！」

お兄様、私はだいじょうぶだから……。

だから泣かないで……。

目が覚めてそこにセリオスお兄様の姿を見つけた私は、心の底からホッとした。

良かったよぉぉ。

また別の世界に転生してたらどうしようかと思っちゃった。

せっかく『グランアヴェール』の世界に生まれたんだから、命大事に。これ絶対大切。

「にーに……」

「レティ、良かった……」

ああっ。なんだかツヤツヤスベスベのほっぺが少しやつれているような……。

ううう。私を心配してくれてたのね。

小説通り、妹思いなんだなぁ。

秘かに感動していると、セリオスお兄様は何かを私の顔にくっつけた。

モフっとしているのに、触れられるとそこから熱が冷めるような感じがした。

「だめだよ、また魔力が膨らんでしまう」

「う……？」

「これはね、魔力を吸収してくれる毛玉だよ」

そう言ってお兄様は、真っ白の毛玉を見せてくれた。

生き物なのか、真ん中に目がある。

え、目が合っちゃった。

お互《たが》いに目をまん丸にして見つめ合う。

「……！」

これ、どこかで見たような……。

あっ、思い出した！

森の妖精《ようせい》と姉妹《しまい》が触れ合う国民的アニメ映画に出てきた、まっくろくろたろうだ。

モフっとした毛玉のフォルムといい、くりくりした大きな目といい、完全にそれの色違《いろちが》いバージョンだわ。

「やっと手に入ったんだって。大切にしてね」

後で分かったことだけど、この毛玉はドラゴンの巣にしか存在しない精霊《せいれい》の一種で、ドラゴンの膨大《ぼうだい》な魔力を吸収して生きてるんだって。

ただ数が少ないので、とても貴重なんだそう。

そんな凄いものを私にくれるなんて、セリオスお兄様、ありがとうございます！

大好きです、一生推します。

毛玉も大切にします！

「にー！」

私はにっこり笑って、真っ白い毛玉をお兄様から受け取った。

◇　◇　◇　◇　◇

私は毛玉に「モコ」という名前をつけた。

モコモコふわふわしていてとても可愛い。

そしてモコのおかげで、セリオスお兄様の麗しい顔を見ても発作を起こさなくなった。

モコ！　あなたは私の救世主よ！

おかげでお兄様の少年時代をがっつり堪能できている。

うへへへへ。

お兄様がいなくなった後はいつもしまりのない顔をして笑っているからか、専属の侍女《じじょ》のミランダからはそれはもう嫌《きら》われている。

まあ、気持ちは分からなくもない。

ほぼ仮死状態で生まれてきてずっと眠ったままだったのが、いきなり覚醒《かくせい》したと思ったら、兄の顔を見て気持ち悪く笑ってるんだもんね。

体は一歳の幼女だけど心は推定十六歳だから、不気味な子供だと思って嫌うのも無理はない。

でもお兄様への愛は純粋《じゅんすい》だから！　ヨコシマじゃないから！

そもそも私って「セリオス様を幸せにする会」の会長だったのよ。ＳＮＳでの私的な会だったけど、会員数はかなり多かった。

それだけ小説の中では幸《さち》薄いお兄様の幸せを願うファンが多かったってことだけど。幸せにする会の皆様《みなさま》、妹として転生した私が絶対にセリオスお兄様を幸せにしますから、安心してください！

「本当に気味の悪い子」

お兄様のことを考えてニマニマしていたのを見られたのか、ミランダが私の顔を覗きこんで顔をしかめる。

「一歳を過ぎたのに喋《しゃべ》ることも立つこともできないなんて」

それは仕方ないよ。だって生まれてからずっと寝《ね》たきりだったんだもん。

でもこれからスクスク育っていく予定だから問題なし。

なんてのんきなことを考えていたら、いきなり足に痛みが走った。

「いうっ……」

な、何が起こったの？
まだ起き上がれないから、自分の足元も見れなくて、何があったのか分からない。
するともう一度足に痛みが。
きっと、つねられたんだ。
痛みよりも驚きのほうが大きくて呆然《ぼうぜん》としていると、モコがミランダに体当たりした。
でも毛玉の攻撃《こうげき》はあまり効かない。
そのままポフンと戻ってきてしまう。
ミランダは冷たい目でモコを見下ろし、指でつまむ。
「邪魔《じゃま》ね」
「（やめて！　モコをどうするつもり！）」
叫びたいのに、ちゃんとした言葉が口から出ない。
ただの「あうー」とか「ううー」とか、そんな言葉しか出なくて。
モコを取り返そうとジタバタしても届かなくて。
ミランダが窓を開ける。
やめて。
何をするの！

やめて！

私は大声で泣き喚《わめ》いた。

誰か来て！

モコが、モコが死んじゃう。

泣き声のあまりの大きさに、さすがにミランダも慌てる。

「ちょっと、泣き止《や》みなさいよ」

「うわぁぁぁぁん。うわぁぁぁぁぁん」

ミランダはモコを放り出して、私を抱き上げる。

でも私は嫌《いや》がってミランダを叩《たた》く。

「くっ。……このっ」

カッとなったミランダは私を床《ゆか》に叩きつけようとする。

でも廊下《ろうか》から私の名前を呼ぶお兄様の声が聞こえてきた。

「にー！　にー！（お兄様！　助けて、お兄様！）」

ミランダは慌てて取り繕《つくろ》うように私を抱え直した。

放して、放して！

「うわぁぁぁぁん。うわぁぁぁぁぁん」

バンと勢いよくドアを開けてお兄様が部屋に入ってきた。

お兄様！

助けて！

「レティシア！」

「にー！」

私は泣きながらお兄様に手を伸ばす。

するとお兄様はひったくるようにミランダから私を取り戻《もど》した。六歳しか違わないけど、お兄様はしっかり私を抱きとめてくれた。

うえぇえぇえぇん。

怖《こわ》かったよおおおおお。

「にーに、にーに」

セリオスお兄様にしがみついて、その胸に顔をうずめて泣く。

ああ、せっかくのお兄様の服が、私の涙と鼻水で台無しになってる。

ごめんなさいごめんなさい。

でも赤ちゃんだからか、自分の意思では涙が止まらない。

お兄様は慰《なぐさ》めるように私の背中を優しく叩く。

トン、トン、と心臓と同じリズムの響きが、膨らみ始めていた魔力を少しずつ抑《おさ》えていった。

「なぜレティシアがこんなに泣いているんだ」

子供とは思えないほどの迫力《はくりょく》でお兄様がミランダを圧倒《あっとう》する。

こっそりと顔を上げると、ミランダはどう言い訳をしようかと考えているように見えた。

でもお兄様はミランダに弁解する時間を与える気はないらしく、冷たく「下がれ」と命令する。

渋々《しぶしぶ》部屋からミランダが出ていくのを見送ったお兄様は、もう一度私をぎゅっと抱きしめた後、そっとベッドに戻した。

そしてキョロキョロと辺りを見回す。

「こんな所に……」

部屋の隅で見つけたのは、くしゃくしゃになったモコだった。

お兄様はそっとモコを手の平に乗せると、ベッドの上の私の顔の横に置いてくれる。

「あう（モコ、無事で良かった）」

モコはもぞもぞと動いて私の頬にぴったりとくっつく。

すると萎《しお》れていた毛が、いつものようにふわふわになった。

「にーに（お兄様、ありがとう）」

感謝の気持ちをこめてお兄様に笑顔を向ける。

「レティ、ご機嫌《きげん》になったね」

すると破壊力抜群《はかいりょくばつぐん》の笑顔が返ってきた。

ふああああああ。

カメラ、カメラはどこ。スクショボタンはー⁉

不意の推《お》しの笑顔に魔力が膨らみそうになったけど、モコが吸収してくれたおかげで収まった。

モコ、危ないところをありがとう。

もうちょっとで昇天《しょうてん》するところだった。

危ない危ない。セリオスお兄様が素敵なのは分かってるんだから、不意打ち攻撃《こうげき》にも耐《たい》性《せい》をつけなくちゃ。

最近は慣れてきたと思ってたけど、破壊力がありすぎた。

なんてお兄様に構ってもらって喜んでいると、お兄様が後ろを向いた。

「そろそろ入ってきたらどうですか？」

誰か来たのかな、と思ってそちらを見ると、見たことのない男の人が扉《とびら》の向こうに立っている。

誰だろう?

きょとんとして見ていると、その人はこわごわと部屋の中に入ってきた。

そして、初めましてこんにちはの人は、なんと私の父親でした。

いや、びっくりしたー!

銀髪にアイスブルーの瞳で、お兄様を大きくしてちょっと気弱そうにした感じの人だ。

小説で名前しか出てきたことがなかったから、全然興味がなかった。

確か小説ではレティシアが死んだ後、跡《あと》を継《つ》げる子供がセリオスだけでは少ないということで再婚《さいこん》し、子供も生まれていたはず。魔王との戦いの中で物語の始めに戦死している。

セリオスお兄様が連れてきたらしいけど、ベッドの手前で棒立ちになっている。

「お母様によく似ていると思いませんか?」

「うん」

「お母様が生きていらしたら、きっとレティを可愛がっていたと思います」

「うん」

「なのにレティが生まれてから会いに来なかったのを知ったら、お母様はきっとお怒《いか》りになるでしょうね」

「……それは嫌だ……」

七歳児に諭《さと》される大人ってどうなの。

セリオスお兄様はラスボスになっても違和感《いわかん》がないくらい、最強で最高のクールな美形になる。

それに比べて、初めて見るお父様は、顔立ちは変わらないのにお兄様とはまったく雰囲気が違っていて、なんとなく打たれ弱そう。

最愛の妻が亡くなった事実を認められなくて、妻の死因になった娘《むすめ》に会いに来れなかったくらいだし、当然かもしれないけど。

仕方ないなぁ。ここは私が大人になってあげないと。

「あー」

私はお父様に顔を向けてにっこりと笑う。

赤子の無垢《むく》な笑顔攻撃を受け止めよ。なんてね。

「エミリア……！」

お父様は端正《たんせい》な顔を歪《ゆが》めて滂沱《ぼうだ》の涙をこぼす。

エミリアってお母様の名前かな。小説では出てこなかったから、どんな人か分からない。

でもお父様がこんなに好きだったのだから、とても素敵な人だったんだろうと思う。

……一目でいいから会いたかったな。

「お母様に、そっくりでしょう？」

「ああ、本当によく似ている……」

お兄様の言葉に頷《うなず》いたお父様は、おそるおそるといった風に私に手を伸ばす。

もー、仕方ないなー。

私はその手を小さな手でぎゅっと握った。

アイスブルーの目を見張ったお父様は、ほろほろと涙をこぼしながら、両手で私の手を包む。

そして壊《こわ》れ物を扱《あつか》うように、そっと私を抱き上げた。

お兄様にくっついているのも好きだけど、お父様の抱っこもホッとするかも。

やっぱり血の繋《つな》がりがあるからなのかな……。

「お父様、ミランダをレティシアの侍女からはずしてください」

「ミランダが何かしたのか？」

「目が覚めて間もないせいで喋れませんがレティはとても賢《かしこ》い子で、自分に関わる人間をよく見ています。そのレティがミランダのことをあれほど嫌がっているのですから、何かあるはずです」

お兄様、私のことをそんなに評価してくださっているとは！

感無量ですー！

あ、いけない。

平常心、平常心。

「ふむ……」

「それにレティのような小さな子供には、侍女ではなく乳母《うば》をつけるべきでしょう。今からでは遅《おそ》いと思いますが、もっと年配の侍女をつけたほうがよろしいのではないでしょうか。もしくは年若くてもレティを慈《いつく》しむものを。一体誰がミランダをここに配置したのですか」

「メイド長だ」

「……メイド長とミランダに繋がりがないか調べてください。もしかしたらお父様の後妻狙《ねら》いかもしれません」

後妻狙い……？

あ、そういえば小説でお父様は再婚してたはず。

ということは、もしかしてミランダがその相手？

ええっ、断固反対するよ！

だってあんな意地悪な人が継母《ままはは》になったら、お兄様がいじめられてしまうもの。

お父様、絶対、絶対、再婚反対！

そんな私の思いが通じたのか、お父様は考えたこともないという顔で否定した。

「私の妻はエミリアだけだ」

「でしたら付け入られる隙《すき》を作らぬことです。幼いレティシアには母親が必要で、レティシアが懐《なつ》いている自分ならば良い母親になれるなどと言われてその気にならないようにしてくださいね」

「わ、分かった」

お兄様の有無《うむ》を言わせぬ迫力に、お父様が押されるように返事をする。

どちらが年上か分からないやり取りだ。

さすがお兄様です。

「しかし新しい侍女は誰が良いのか……。メイド長も関わっているとなると人選が難しい」

「そうですね……。まだ年若いですが、侍従長《じじゅうちょう》の姪《めい》はどうでしょう。リネン室で働いているはずです」

「セリオスに任せよう」

「はい」

うんうん、どう考えてもお兄様の方が有能。
お兄様に任せておけば、間違いないですよ、お父様。
というか、お兄様こんなに小さいのにこれほど賢いとは、もしかして神童なのでは？
まさに神が遣《つか》わしてくれたこの世の奇跡《きせき》……！
と、感動している間に寝落《ねお》ちしました。
赤ちゃんの体って、すぐに眠くなっちゃうのよね……。

第二章

聖剣グランアヴェール

この世界に転生したのに気がついて、約一年が経《た》ちました。もうすぐ二歳になります。

ミランダの代わりに私の侍女になったドロシーはとても優しい。

茶色の髪に茶色の瞳《ひとみ》で、ほんわかした雰囲気の可愛い女の子だ。

小さい弟や妹がたくさんいるらしく子供の扱いも上手なので、毎日の暮らしが快適になりました。

しかも絵本とかも読んでくれるから、お喋りが上手になった。

まだ舌足らずだけど、これで思う存分、お兄様への愛を語れる！

「お嬢様《じょうさま》、ご機嫌ですね」

私のピンクブロンドの髪をすくドロシーが、にこにこしている私に鏡越《ご》しに語りかける。

「にーたまと、あしょぶの」

「それは楽しみですね」

私のお兄様愛は、今ではすっかり屋敷《やしき》中の人に知られている。

なにせお兄様がいればいつでもご機嫌なのだ。分からないはずはない。

はあ。

推しのいる生活がこんなに素晴《すば》らしいものだったとは。

朝起きて食堂でお兄様に朝の挨拶《あいさつ》をして、そのままお兄様のお勉強姿を堪能して、お昼ご飯の後はお兄様が剣術《けんじゅつ》の稽古《けいこ》で汗《あせ》を流すのを観察……ではなくて見学して。休憩《きゅうけい》を兼《か》ねたお茶の時間ではお兄様のお膝《ひざ》に抱っこされながらおやつを食べて、夕飯の時にはお兄様と、ついでにお父様と楽しくお喋りしながら食事して、寝る前にはおやすみなさいのキスをしてもらって。

はあああ。

本当に、毎日が薔薇色《ばらいろ》です。

たまに興奮しすぎて死にそうになるけど、優秀《ゆうしゅう》なお医者さんとモコのおかげで何とかなっている。

主治医のロバート先生は、一人娘《ひとりむすめ》を魔力過多によって亡《な》くしてしまってから、ずっと魔力過多の治療薬《ちりょうやく》の開発研究をしているエキスパートだ。

私がちゃんと喋れるようになれば、特効薬の作り方を教えるのになぁ。

といっても勇者アベルの故郷の村は小説で「辺境の村」としか書いてなくて、アベルが聖剣を手に入れた後すぐに魔物《まもの》に滅《ほろ》ぼされちゃうから小説にも位置などの詳しい情報は載っていなかった。

村の名前さえ分かれば、小説で書かれていたのよりも先に魔力過多の特効薬が作れるし、勇者の両親も含《ふく》めた村人たちを救うことができる。

確か小説のレティシアが魔力過多で死んじゃうのは、セリオスお兄様が学園に入学する直前で私が七歳の時。

今が二歳だから、タイムリミットまであと五年かぁ。

それまでには何としても特効薬を完成させたい。

「さあ、お可愛らしくなりましたよ」

頭の上に大きなリボンをつけてもらった私は、横を向いて鏡をチェックする。

うん。お兄様ほどじゃないけど、美幼児！

ピンクブロンドの髪に紫《むらさき》の瞳の私は、お父様にはまったく似ていない。

もちろんお父様に瓜二つ《うりふた》のお兄様にも似ていない。

でも肖像画《しょうぞうが》のお母様は私にそっくりだから、きっと将来はお母様のような美人になるはず。

「ドロチー、あいまと」

私は椅子《いす》からぴょんと飛び降りるとお兄様の部屋へと急ぐ。

「お嬢様、ロバート先生が急に走ってはダメだと言っていましたよ。私と手を繋いで行きましょう」

「あい」

そうだった。

もう少し大きくなれば軽い運動もできるみたいだけど、心臓がドキドキすることは全部禁止なんだった。

小説のロバート先生は娘さんを魔力過多で亡くしてしまって、その直後に元々病弱だった奥《おく》さんも亡くしている。

勇者であるアベルが学園に入学する際、魔力過多研究の第一人者であるロバート先生がすぐに対応できるほうが良いだろうってことで、学園の保健医になるんだよね。

でも入学したアベルは、魔力量の多さの割にはそれほど魔力過多の発作《ほっさ》を起こしていなくて、何が原因だろうと調べていくうち、黄金のリコリスの花にたどり着いた。

もしかして治療薬の原料になるんじゃないかと、わざわざ辺境に近いアベルの、既に廃墟になってしまった故郷の村に行って調べる。

そこで見つけるのが聖剣のあった洞窟に咲く黄金のリコリス。

その花粉が、魔力過多の特効薬になるの。

ということはつまり、黄金のリコリスの花さえゲットできれば、確実に特効薬が作れるってこと！

これは何としてもアベルの故郷を見つけなくっちゃ。

ただ、アベルの住む村の名前も分からないし、聖剣がある場所も特に有名じゃないのよね。

そもそも地元に住んでるアベルも、聖剣に呼ばれるまでそこに洞窟があったことすら知らなかったくらいだし。

っていうか、よく考えると聖剣に意思があるんだ。

そしたら、呼べば応えてくれないかな。

聖剣さん、聖剣さん、あなたは今どこにいるんですか？

なーんてね。

遠く離れる場所にあるんだから、返事なんて返ってくるわけないか。

『我を呼んだか』

うわっ、何。今誰《だれ》か喋った⁉

私は立ち止まって廊下を見回す。

細長い廊下には窓から明るい日が差していて、ワインレッドの絨毯《じゅうたん》の上に柔《やわ》らかい色の日だまりを作っている。

「お嬢様、どうかなさいましたか？」

廊下には、私と不思議そうにしているドロシーしかいない。

なんだ、空耳かぁ。

『我の名を呼んだであろう』

ひえっ。

また聞こえた。

私は思わずドロシーのドレスの陰《かげ》に隠れる。

でもやっぱり誰もいない。

……はっ。

この状況《じょうきょう》で『我』って……もしかして聖剣さん⁉

『他に誰がいる』

うひー。超《ちょう》びっくりした。

なんと、聖剣さん、喋れました。

しかも遠隔《えんかく》で。

さらにちょっとお話ししてみたところ、なんと聖剣さんはグランアヴェールという名前らしい。

グランアヴェール《偉大なる未来の翼》——そう、この世界を描いた小説のタイトルである。

まさかそんな伏線《ふくせん》があったとは知らなかった。

てっきり主人公がアベルだから、「偉大な《グラン》」「アベル《アヴェール》」っていう意味もこめたタイトルにしたのかと思ってた。

それに勇者アベルが聖剣と喋ったなんて表現はなかった。

呼ばれたような気がする、くらいだったはず。

『それは勇者の魔力がお主ほど大きくないからであろうな』

（そうなんだ）

『そもそも勇者というのは——』

（あ、また後でね！　お兄様の部屋に着いちゃった）

『お、おい、待て』

聖剣の話よりも、お兄様の方が重要。

はあ、今日も推しが麗しい。

銀の髪が光を反射して、まるでお兄様自身が光り輝いているように見える。

お兄様はもしかして、地上に降りた天使かもしれない。

「にーたま！」

ドロシーと繋いでいた手をふりほどいて駆《か》けていくと、お兄様はちょっとしゃがんで両手を広げてくれた。

わーい。お兄様とぎゅー！

ぽふんと抱き着いて、お兄様のお腹《なか》にほっぺをぐりぐりする。

『娘、おい娘、聞いておるか』

聖剣がうるさい。

私とお兄様の至福の時間を邪魔しないで！

私は心の中で通路にシャッターを閉めるイメージを浮かべた。

後で黄金のリコリスのことを聞かなくちゃいけないし、さすがに切断したらダメな気がするから、一時的に遮断《しゃだん》っと。

『何を――』

ブツッ。

いい感じにうるさい声が切れた。

「レティ、体調はどう？」

「いいでちゅ！」

「それは良かった」

お兄様、大好きー！

それにいい匂《にお》いがする。

はっ。変態だと思われないように、すんすん匂いをかぐのは止めなければ。

「今日は天気がいいから、庭で遊ぼうか」

「あい！」

最近のお気に入りの遊びは、ボール遊びならぬモコ遊びだ。

ふわふわでモコモコのモコを、お兄様と投げ合ってキャッチするのである。

ボールみたいに当たっても痛くないし、必ず私の手の中に自分からキャッチされにくるので、動く必要がない。

投げられるモコも楽しそうなので一石三鳥だ。

十回くらい投げっこをした後は、おやつの時間だ。

まだ椅子にちゃんと座《すわ》れないので、芝生《しばふ》の上に敷物《しきもの》を敷いてそこに座っている。

公爵家《こうしゃくけ》の庭は公園かと思うくらい広いので、気分はすっかりピクニックだ。

「おいしいかい？」

「あい！」

さくさくで口の中に入れるとほろりと溶《と》ける、公爵家の料理人が私の為に作ってくれたクッキーだ。

焼きたてだからまだほんのり温かい。

推しと向かい合っておやつを食べる素晴らしさと言ったら！

しかもこの庭は小説にも出てきてた、聖地！

聖地と推し！

完璧《かんぺき》で最高です！

「ナッツ入りはまだレティには早いから、もう少し大きくなってからね」

誤解ですお兄様。

私が見ていたのはクッキーじゃなくてお兄様です。

でも確かにお兄様用のナッツ入りクッキーはとてもおいしそうだから、もうちょっと大きくなったら作ってもらおうっと。

「あい」

ニコニコしながら頷くと、お兄様が私のほっぺに残ったクッキーのかけらを指でつまんで、それをひょいと口に入れた。

「うん。甘《あま》い」

お兄様のその微笑《ほほえ》みのほうが甘いです!!

あ……まずい……。

魔力が……膨《ふく》れる……。

「レティ！」

急激に膨れる魔力に髪《かみ》の毛が総毛だつ。

モコがぴったりくっついてくれるけど、増えすぎた魔力が吸収しきれないのか、楽にならない。

ごめんなさいお兄様。

あまりの麗《うるわ》しさに許容範囲《はんい》を超《こ》えました……。

息ができない……！

あああ、でも死んだらお兄様にトラウマがぁぁぁ！

こんなところで死ねない。

でも、く……苦しい……。

誰か助けて！

『娘、大丈夫《だいじょうぶ》か、娘！』

その声は、聖剣……?

(聖剣さんは聖なる剣なんでしょ。私を助けて!)

『我と話ができる者は久しぶりなのだ。娘、死ぬでない』

(でも息ができないよ……)

『魔力を放出すれば良いのだ』

(どうやって?)

『非常事態だ、やむを得ん。我と仮の契約《けいやく》をするぞ』

仮契約って……婚約みたいなものかな。

それならいざとなったら破棄《はき》できそう。

『娘、汝《なんじ》の名を告げよ』

(レティシア・ローゼンベルク……)

『それだけでは足らぬ。真名を寄越《よこ》せ』

(真名なんてそんな凄《すご》そうなもの、持ってないよ)

苦しい、助けて、お兄様……。

『そなたにはもう一つの名前があるはずだ』

もう一つって……前世の名前なら……。

（桜井《さくらい》、真奈《まな》……）

あ、真名と真奈。まな、って音がかぶってる。凄い偶然《ぐうぜん》。

私は全身を苛《さいな》む苦しさから逃《のが》れるように、どうでもいいことを考える。

『レティシア・ローゼンベルク・桜井真奈、そなたを聖剣グランアヴェールの主と認め、ここに契約を結ぶ』

聖剣の宣言と共に、何かが繋がる感覚を覚える。

細い糸のようなそれに伝って、あふれ出そうになる魔力が流れる。

なんだか……楽になってきた……。

止まりそうだった息をゆっくりと吐《は》く。

ふうう。ふう。

破裂《はれつ》しそうだった魔力が、ゆっくりと収まっていく。

（ありがとう聖剣さん。このご恩は忘れません）

あれ、でも契約しちゃったら、私が勇者になってしまうんじゃないの。

『実際に我を手に取っておらぬゆえ、仮、なのだ』

（そっかー。じゃあ安心かな）

朦朧《もうろう》としていた意識がゆっくりと覚醒する。

いつの間にか私は、お兄様の腕《うで》に抱かれていた。

（……ここは天国ですか？）

『お主、死にかけたというのに元気だな』

（死をも凌駕《りょうが》するくらいお兄様が大好きです）

『断言しおった』

呆《あき》れたような聖剣は無視して、お兄様に神経を集中する。

お兄様のアイスブルーの瞳からぽろぽろと涙がこぼれている。

ああっ、何てこと。

「セリオス様を幸せにする会」の会長だった私が、幸せにするどころか涙を流させているなんて。

「にーたま、ないちゃ、めっ」

幼児特有のころんとした指を伸ばして、綺麗《きれい》な涙をすくい取る。

ごめんなさい、ごめんなさい。

私がいまだにお兄様の顔に免疫《めんえき》がないせいで、死にかけました。

もう少しでお兄様のトラウマを作っちゃうところだった。

「良かった……。無事で良かった……」

お兄様はまるで壊れ物を扱うようにそっと私を抱きしめる。

（ねえ、聖剣さん）

『なんだ』

（もしかしたらなんだけど、本契約《ほんけいやく》したら、今より発作が楽になる？）

もうこんな風にお兄様を悲しませたくない。

でも情けないけど、推しと一緒にいて興奮しないっていう自信がない。

『発作というのが魔力の膨張《ぼうちょう》のことなら、我と繋がれば体に負担がかからぬようにはできるぞ』

今まではモコが魔力を吸収してくれてるから大丈夫《だいじょうぶ》だと思ってたけど、お兄様が素敵すぎて吸収しきれなくなっちゃってる。

お兄様がこれからもっともっと素敵になるのは確実なので、増える一方の魔力を聖剣が吸収してくれるのはありがたい。

ただ問題も、ある。

（それはとってもありがたいけど……でも、そしたら私が聖剣さんの主になっちゃうんじゃないかな）

『光栄に思うが良い』

（いやいやいやいや、そうすると、本物の勇者が現れた時に困っちゃうじゃない）

『勇者か。以前の主も勇者であったが、どこぞで勇者が生まれておるのか？』

（えっ。知らない？）

『知らぬな』

（多分、聖剣さんの近くの村で生まれてると思う）

お兄様の二歳下だから今は六歳のはずだけど、まだ勇者として覚醒《かくせい》してないから聖剣が知らないのかな。

『何やら勘違《かんちが》いしているようだが、勇者が必ずしも我の主となるわけではないぞ。確かに先代の勇者は魔力が多く我と会話ができたゆえ主としたが、我は我と会話ができる者しか選ばぬ』

そういえば聖剣が、誰かとお喋《しゃべ》りするのは久しぶりって言ってたっけ。

でもそうすると、勇者アベルはどうなるの？

魔王討伐《とうばつ》は？

「レティは僕といる時の方が発作を起こしやすいと聞いた。……もう、会わない方がいいのかな……」

って、それよりもお兄様の発言の方が問題です！

もう会わないとか、それって私に死ねと言っているのと同じです。せっかく発作を抑える薬の代わりができたのですから、そんなこと言わないでください。

『薬の代わりとは、我か……？』

（あ、薬といえば、聖剣さんリコリスの花を知らない？）

『聞いた事がないな』

えー。そんなぁ。

小説では聖剣の洞窟《どうくつ》に咲いてるんだけど。

（知らないならいいや。じゃあまたね）

『おい、娘、また我を――』

本日はもう終了《しゅうりょう》でーす。シャッター閉めまーす。

ガラガラガラガラ。

これでよし、っと。

まだ何か言いたそうな聖剣の言葉を無視して、お兄様にくっつく。

「レチーはにーたまがだいしゅきです。毎日会いたいでしゅ！」

もう発作は起こさないから、そんなこと言わないでください。

私は全身でお兄様にしがみついた。

「にーたまはレチーが嫌いでしゅか？」

「そんなこと、あるわけないだろう。でも……」

「だいじょぶでしゅ。もうたおれまちぇん」

「お母様に続いてレティまで喪《うしな》ってしまったら僕は……」

「ちにまちぇん！　絶対でしゅ！」

モコだけじゃなくて聖剣っていう強い味方ができたから、これからは大丈夫なはず。

そして聖剣のある場所を教えてもらって黄金のリコリスを手に入れれば、魔力過多も治る。

だから安心してください、お兄様！


私は死にましぇん、と宣言したものの、それからのお兄様は心配して今まで以上に私にべったりになった。

目が覚めてからお兄様と一緒に朝食を摂《と》り、夜寝る前にお休みなさいのキスをしてもらうまで、朝から夜までお兄様づくしなのである。

神様、こんなご褒美《ほうび》をありがとうございます。

お兄様と一緒ということでテンションが上がっても、モコと聖剣が膨らむ魔力を吸い取ってくれるので、思う存分お兄様成分を満喫《まんきつ》している。

ああ、幸せ……。

でもそんな幸せを邪魔する存在が現れた。

自称《じしょう》お兄様の親友、王太子エルヴィン・ハイクレアだ。

エルヴィン・ハイクレア——小説『グランアヴェール』の世界では、お兄様と一緒に魔王討伐の旅に出る俺様《おれさま》王子だ。

主人公のアベルが平民であるのを蔑《さげす》み、聖剣を持つのは王太子である自分の方がふさわしいと、度々《たびたび》アベルに突《つ》っかかる。

旅を続けていくうちにアベルの力を認めるようになるんだけど、魔王討伐の戦いの際に、アベルのミスで死んでしまう。

このエルヴィンの死が、お兄様がラスボスになるきっかけとなってしまうんだよね。

次期国王であるエルヴィンが死んでしまったことで、王位継承権《けいしょうけん》は妹のフィオーナ姫《ひめ》へと移る。

そのフィオーナの婚約者がセリオス・ローゼンベルク、つまり私のお兄様なんだけど、彼女《かのじょ》は勇者アベルと相思相愛の間柄《あいだがら》で。さらに王となるフィオーナを支える伴侶《はんりょ》には、魔王を倒《たお》した勇者アベルがふさわしいという風潮が広まり。

結果、お兄様とフィオーナの婚約は解消され、入れ替《か》わりでアベルが正式な伴侶となってしまうのだ。

お兄様は、親友であるエルヴィンの死の原因であり、婚約者であるフィオーナを奪《うば》ったアベルを憎むようになり、遂《つい》にはラスボスになってしまうのだ。

エルヴィンに直接の原因があるわけじゃないけど、この子が死ななければお兄様のラスボス化もないと思うと、つい厳しい目で見ちゃう。

そんな私の視線が気に入らないのか、いきなり現れたエルヴィンは初対面の時からずっと不機嫌《ふきげん》だ。

「お前の妹だというから期待していたが……思ったほどではないな」

しかもとっても失礼だ。

そりゃあお兄様ほどの美形がこの世に二人といるわけはないけど、私だってもう少し大きくなれば可愛《かわい》くなる予定なんだから。

「別にレティの可愛さは僕だけが分かっていればいいから」

「にーたまー」

私がこれ見よがしに抱き着くと、エルヴィンが悔《くや》しそうな顔をする。

なぜこの公爵邸《てい》に王太子であるエルヴィンがいるかというと、今まではお兄様が王城に遊び友達として行っていたのが急に行かなくなったので、わざわざ向こうの方からやってきたのである。

しかも綺麗な花の咲《さ》き乱れる中庭で、お兄様の膝の上でおやつを食べるという至福の時間を満喫してる所に突然《とつぜん》やってきたから、歓迎《かんげい》しろと言われても無理だ。

「もう少し可愛げがあれば俺の妃《きさき》として考えてやっても良かったが」

「お断りします」

「いやでしゅ。レティはにーたまがちゅきでしゅ」

間髪《かんはつ》いれずにお兄様が即答《そくとう》するのと同時に私も拒否《きょひ》する。

えー。だって俺様王子とか好きじゃないもん。

やっぱり理想はお兄様よね。

どこかにお兄様みたいな人はいないかなぁ。

「……お前たち、仲がいいな」

兄妹揃《そろ》って拒絶したからか、ふてくされたようにエルヴィンが口をとがらせる。

自分が妹とあんまり仲良くないから、私たちがとっても仲良しなのが羨《うらや》ましいのかな。

王太子として生まれたエルヴィンだけど、その環境《かんきょう》はちょっと複雑だ。

エルヴィンを産んだ王妃《おうひ》は隣国《りんごく》の王女だったんだけど、出産の時に亡くなってしまった。

後妻として選ばれたのはこの国の伯爵家《はくしゃくけ》の娘で、エルヴィンにとっては継母になる。

新しい王妃はエルヴィンを大切にしていて、自分の産んだ娘《フィオーナ》よりも溺愛《できあい》していると評判らしい。

小説でも、そのせいでエルヴィンとフィオーナの関係は微妙《びみょう》で、それをアベルが橋渡《はしわた》しするのがきっかけでアベルとフィオーナがお互いを想《おも》うようになったんだよね。

「セリオスは俺の側近になるのだから、妹ばかりに構うのはどうかと思うぞ」

お兄様が王城に行かないからつまらなくなって、公爵家に突撃《とつげき》してきたエルヴィンが言っても、説得力がないと思います。

「他にお友達いないでちゅか」

まだちょっと舌足らずだが、最近はかなりスムーズに喋れるようになってきている。

この調子でお兄様とスムーズにお喋りできるようになりたいものだ。

「俺の友になりたいと望む者は多いが、その資格がある者はセリオス以外いない」

胸を張って言うけれど、それって友達が一人だって言ってるのと同じじゃないかな。

「申しわけありません殿下《でんか》。しばらくは妹についていてやりたいのです」

「妹などそんなに良いか……？」

お兄様の言葉にエルヴィンは首を傾《かし》げて私を見る。

その様子を見て、妹のフィオーナ姫とはやっぱり仲良くなさそうだと思う。

お兄様という素晴らしい婚約者《こんやくしゃ》がいながら勇者に心移りしたのだけは許せないけど、小説のフィオーナ姫は、心優《こころやさ》しく完璧なヒロインだった。

でもよく考えると、お兄様とフィオーナ姫の婚約は、最初は政略的なものだったんだよね。

婚約しているうちにお兄様はフィオーナ姫に惹《ひ》かれていって、でもフィオーナ姫はあくまでも政略結婚としか考えてなくて。

だからフィオーナ姫はお兄様より勇者を選んだのかなぁ。

絶対にお兄様のほうが素敵なのに、フィオーナ姫は見る目がない。

未来でアベルと恋《こい》に落ちるなら、いっそ最初からフィオーナ姫はお兄様と婚約しない方が良いのでは……?

ひらめいた私は、目の前のエルヴィンを見る。

小説では婚約者がいなかったエルヴィン。

王太子なのに婚約者がいないってことは、その必要がなかったってことよね。

つまり、政略結婚が必要なのはローゼンベルク家とだけ。

それなら別に、お兄様が婚約しなくてもいいいんじゃない。

小説のエルヴィンは、ちょっと俺様だったけど、何といってもお兄様の親友になるくらいだったのだから、性格が悪いというわけではない。

顔も、金髪碧眼《きんぱつへきがん》のイケメンになるのが分かっている。

もしお互い好きな人ができたら婚約解消するのを前提にして、とりあえず魔王を倒すまでの仮の婚約者になるくらいなら、いいんじゃないの……？

「にーたま」

「なんだい、レティ」

「レティ、この人とお友達になってもいいでちゅ」

まずはお友達から。

私がそう言った瞬間、お兄様の顔が凍《こお》りついた。

「だって、にーたましかお友達がいないのはかわいそうだもん。だからレティもお友達になってあげまちゅ」

「ああ、レティ。なんて優しいんだ」

しばらく固まっていたお兄様は、なぜか私を背にかばってエルヴィンの目から隠した。

「別にこんなちみっこいのに友達になってもらわなくとも良い」

するとそれが面白《おもしろ》くないのか、エルヴィンは憎《にく》まれ口《ぐち》を叩《たた》く。

……なんというか、いつも子供とは思えないほど落ち着いているお兄様を見ているから、こういう子供っぽい態度は新鮮《しんせん》だ。

「エルヴィンもこう言っているから、友達になどならなくていいよ。レティにはもっとふさわしいお友達を用意しよう」

ふさわしいお友達かぁ。

でも女の子のお友達を作ろうとしたとしても、皆《みな》お兄様狙《ねら》いになっちゃいそうなんだよなぁ。

仕方ないけどね。

お兄様は最高だからね！

「だいじょぶでち。にーたまのお友達はレティのお友達でちゅ」

だいぶ喋るのが上手になったけど、まだ「さしすせそ」が上手《うま》く言えない。

いきなり子供っぽくなっちゃう。

でも変に大人っぽい言い方をするより子供らしくていいかもしれない。

その方がお兄様にたっぷり甘えられるしね。

「そこまで言うなら友達になってやろう」

エルヴィンが腕を組んで堂々と宣言すると、お兄様は本当にいいの、と背後の私を振《ふ》り返って確認《かくにん》する。

いいのです、お兄様。

すべてはお兄様の不本意な婚約を防ぐ為の第一歩なのです。

というわけで、その日からエルヴィンはちょくちょく我《わ》が家《や》に遊びに来るようになった。

エルヴィンは精神年齢《ねんれい》が低いので一緒に遊べるかと思ったけれど、やっぱり八歳と二歳では同じ遊びをするのは難しい。

いつもお兄様とは何をして遊んでいるのかと思ったけど、どうやら遊んでいるんじゃなくて、エルヴィンと一緒に座学を受けているのを知ってびっくり。

つまりお兄様はエルヴィンの友達というよりは、勉強嫌いなエルヴィンを机に座らせる為のお目付け役だったのだ。

「王様になるのに、勉強しなくて大丈夫でしゅか？」

うちに来るたびに庭を駆け回って遊んでるエルヴィンに呆れたように言うと、何を言ってるんだという顔をされた。

「俺を助けるために家臣がいるのだろう？」

いや、あなたこそ何言ってるの、ってつっこみたいんだけど。

今までどんな教育を受けてきたんだろう。

「でもいい人ばっかりじゃないでしゅよ」

なんというか話してることを聞く限り、ちゃんとした教育を受けてないような気がする。

確かに勉強は嫌いなんだろうけど、お兄様みたいな天才は別として、子供なんて基本は勉強が嫌いだ。

でも王太子となれば、そういうわけにもいかない。普通は椅子に縛《しば》りつけてでも教育するはず。

そうしないのは、教育されると都合が悪いから……とか？

神輿《みこし》は軽い方がいいって言うしね。

「悪い奴《やつ》はギルソン侯《こう》がやっつけてくれるから大丈夫だ」

ギルソン侯って誰だろう。

小説には出てこなかった名前だ。

お兄様を見ると、やれやれっていう顔をしている。

ということは、あんまり頼りにしちゃいけない人なんじゃないのかなぁ。

そもそも、エルヴィンの母である前王妃はもう亡《な》くなっていて、後《うし》ろ盾《だて》になるのは隣国となる。

その隣国は国境線を巡《めぐ》ってずっと争ってきた国で、十年前に我が国《くに》の前国王が突然死《とつぜんし》して国内が混乱したのに乗じて紛争《ふんそう》地帯を奪われてしまった。

あわやこのまま侵略《しんりゃく》されてしまうのかという時に、即位《そくい》したばかりの国王陛下——つまりエルヴィンの父親が和平交渉《こうしょう》を持ち掛《か》け、隣国の王女を王妃として迎えることで本格的な戦争を回避《かいひ》した。

ところがその王妃はエルヴィンを産んだ時に亡くなってしまった。

つまり、両国の懸《か》け橋《はし》となれるのはエルヴィンだけなのだ。

それなのにその自覚も何もなく、我がまま放題に育っちゃってるのって、ダメだよね。

ギルソン侯とやらは、エルヴィンを操《あやつ》り人形《にんぎょう》にする気満々なんじゃないの？

ちょっとこの国の将来が心配になってきた。

でもきっとお兄様が側近としてそばにいれば、大丈夫だよね？

それに私もお友達としてビシバシ意見するから。傀儡《かいらい》の王にも愚王《ぐおう》にもさせないんだからー！

閑話　王宮の花（ミランダ視点）

王妃殿下のサロンに行くには、まずは西の庭園を抜《ぬ》けて行かなくてはならない。

その庭園は王妃殿下の実家である伯爵家《はくしゃくけ》が莫大《ばくだい》な費用をかけて整備したもので、アーチになっている生垣《いけがき》を抜けると、目の前に忽然《こつぜん》と小川が現れる。

足元を終点にした小川は、良く見るとそこから地下へと流れるようになっているのだが、初めて訪れた者は自分の方に流れてくる小川に驚くに違いない。

だがもっと驚くのはその小川の上が水晶《すいしょう》の道になっていることだ。

水晶の道を進むと、両側に置かれた神々の像から光があふれ、虹のアーチを作り出す。

まるで夢のような美しさに目を奪われながら歩いた先に、王妃殿下のサロンがある。

夢心地《ゆめごこち》のまま訪れた来訪者は、豪奢《ごうしゃ》なドレスに身を包んだ王妃殿下の姿に、更に圧倒《あっとう》されるであろう。

私も初めて訪れた時には、この世にこんな素晴《すば》らしい場所があるのかと驚いたものだ。

「いらっしゃい、ミランダ。待っていたわ」

優雅《ゆうが》に微笑む王妃殿下に、私は深々と礼をする。

子供がいるとは思えぬほど若く美しい王妃殿下の姿に、やはりお慕《した》いしている方に嫁《とつ》ぐと美しさが増すのだろうかと考える。

「ご無沙汰《ぶさた》しております」

「今日は私たちだけの茶会なのだから、楽にしてちょうだい」

「ありがとうございます」

王妃殿下の侍女《じじょ》に招かれて着席する。

すると部屋の隅《すみ》で演奏をしていた弦楽《げんがく》奏者たちが、ゆったりとした音楽を奏《かな》で始めた。

私が一番好きな曲の演奏に王妃殿下の私への寵愛《ちょうあい》を感じて、思わず笑《え》みが漏《も》れる。

「ミランダ、最近はどう過ごしているの？」

「今は衣装《いしょう》部屋を担当しております」

「あら。ご息女の専属侍女ではなかったかしら」

小首を傾げる王妃殿下の言葉にギクリとする。

先日のあれは誠《まこと》に失敗であった。

いくらあの赤《あか》ん坊《ぼう》が不気味だといっても、感情のおもむくままに危害を加えようとするのではなかった。

王妃殿下の配慮《はいりょ》で娘《むすめ》の専属侍女になれたというのに、せっかくの機会をふいにしてしまった。

「ええ。ですが衣装部屋で公爵様と接する機会が増えましたので、そのうち、と考えております」

「そう。うまくいくと良いわね。私も助力は惜《お》しまなくてよ」

「王妃殿下のご配慮に、本当に感謝しております」

「あなたには期待しているわ」

にこりと微笑む王妃殿下に、大船に乗った気持ちになる。

私はしがない子爵家の娘だが、王妃殿下の縁戚《えんせき》として可愛がってもらっている。

デビュタントで一目見て心を奪われたローゼンベルク公爵エルンスト様の妻になりたいという私の願いを、笑わずに真剣《しんけん》に聞いてくださって、こうして橋渡しをしてくださる王妃殿下には本当に感謝してもしきれない。

残念ながら子爵家の私ではエルンスト様の妻になるには身分が足りなかったけれど、どうしても諦《あきら》めきれなくて、王妃殿下に頼《たの》んで公爵家のメイドとして側《そば》にお仕えすることにした。

せめて一夜の情けでもと思っていたけれど、誠実なエルンスト様は私の拙《つたな》い誘惑《ゆうわく》には気づきすらしなかった。

でも憎いあの女は娘を産んで死んでしまった。

王妃殿下は、娘を手懐《てなず》ければ後妻にと望まれるに違いないとアドバイスをしてくれて、メイド長に私を娘の専属侍女にするようにと働きかけてくれた。

私の短慮でその幸運を逃してしまったが、まだチャンスはある。

王妃殿下の意を汲《く》むメイド長の計らいで衣装部屋の担当となり、エルンスト様と接する機会が増えたのだから、結果的には良かったのかもしれない。

このままエルンスト様の気持ちを私に向けることができれば、何の問題もない。

そこが一番、難しいのだけれど。

「可哀想《かわいそう》に、魔力《まりょく》過多の子供は中々育たないのですって？」

「はい」

「ではご息女が心配ね。それに公爵家も万が一のことがあったら、後を継ぐ子供が一人では心もとないわ」

この国では直系の男子がいない場合、女子にも相続権が生まれる。

現在の公爵家の継承《けいしょう》権を持つのはセリオス・ローゼンベルクとレティシア・ローゼンベルクの二人だが、もしあの娘が死んでしまったなら、ローゼンベルク公爵家の子供はセリオスただ一人となる。

そうすれば、エルンスト様も今のように再婚を拒否することはできなくなるだろう。

「もしもそのようなことになったら、後添《のちぞ》えになる方は私がしっかりした方を紹介《しょうかい》してさしあげなくてはね」

王妃殿下の赤い瞳《ひとみ》に意味ありげに見つめられて、私は喜びを隠せずに笑みを浮かべてしまう。

だってもしそうなったなら、王妃殿下が薦《すす》めてくれるのはこの私だ。

私が、あの麗しい公爵閣下の妻となるのだ。

子爵の娘にしか過ぎないこの私が、社交界で王妃殿下に次ぐ地位の女性になってあらゆる贅沢《ぜいたく》を許される。

なんて素敵なのかしら。

「その時はぜひ私を推薦《すいせん》してくださいませ」

少し図々《ずうずう》しいかしら。

でも王妃殿下の言っているのは私のことだし、問題はないわね。

少し前に父から良い薬が手に入ったと聞いたから、それを使ってみてもいいかもしれない。

そろそろエルンスト様も照れないで私の気持ちを受け入れてくださってもいい頃だわ。

「そういえば、お父様が寂《さび》しがっていらしてよ。一度ご実家に顔を出してはどうかしら」

まるで私の考えを見越《みこ》したかのように、王妃殿下が庭園に咲く花々を見ながら穏《おだ》やかに微笑む。

王妃殿下の視線の先には、ここでしか見ることができない、細長い花びらを持つ百合《ゆり》に似た白い花が揺《ゆ》れている。

「きっとあなたにとっても良い流れになると思うわ」

その花びらの先端《せんたん》だけが王妃殿下の瞳と同じ赤い色に染まっているのが、妙《みょう》に印象的だった。

第三章 五歳になりました

レティシア・ローゼンベルク。

何度も死にそうになりましたが、本日めでたく五歳の誕生日を迎えました！

わーい、やったね！

モコと聖剣のおかげで魔力過多の発作《ほっさ》はだいぶ楽になったけど、それを上回るお兄様の魅力に、何度も天国への片道切符《きっぷ》をもらいそうになりました。

「レティシア、誕生日おめでとう」

かつてお兄様に連れられて私と対面したお父様は、あれからぎこちないながらも私と接してくれている。

直接の言葉はなかったけど、部屋がどんどん豪華《ごうか》になるし、何気なく欲《ほ》しいと呟《つぶや》いた物が部屋に用意されていたりするんで、愛されてるんだろうなと思う。

もし私がこの年齢のままの五歳だったら、お父様には愛されてないんだわと悲嘆《ひたん》に暮れていたかもしれないけど、私の中身は永遠の十六歳だから「お父様ってヘタレなのね」と生暖かく見守れる。

むしろスキンシップに慣れてなくてワタワタするお父様が大好きです。

「ありがとうお父様」

いつものように思いっきり子供らしく抱き着きに行くと、お父様は一瞬硬直《いっしゅんこうちょく》して、すぐ痛いくらいに抱きしめてくれる。

「よくここまで育ってくれた」

こうして抱きしめられていると、お父様からの愛情を感じる。

それにお兄様からの抱擁《ほうよう》と違って命の危険がないから、安心してギューッとできる。

しばらくお父様にしがみついた後は、本日のメインイベント、お兄様からのぎゅーだ。

冷静に、冷静に。

決して去年のように倒れないこと。

「レティ、僕からもお祝いを。誕生日おめでとう」

十一歳になったお兄様は最近少し大人びてきた。

銀色のサラサラの髪を肩《かた》のすぐ下くらいまで伸ばしているのもあって、どんどん小説『グランアヴェール』の頃のセリオス様に似てくる。

いや本人なんだから似るも何もないんだけど。

そんなお兄様だけど推《お》しのセリオス様との抱擁は、あふれる喜びと興奮と——興奮しすぎて魔力があふれる死の危険をもたらす。

でも推しとのぎゅーで死ぬとか本望《ほんもう》じゃない、ってささやく自分がいるのも確か。

お兄様が闇堕《やみお》ちする原因になっちゃうから、その誘惑には永遠にあらがうけど。

お兄様に抱きしめられると、すぐにモコが私の肩の上に乗る。

モコは私の魔力を吸収しているからか、かなり大きな毛玉になった。

前は手の平に乗るサイズだったんだけど、今は両手の人さし指と親指を合わせて輪っかを作ったくらいの大きさがある。

ぶわぁっと膨《ふく》れる魔力を、モコと、それから遠くにいる聖剣が吸収してくれる。

『本当にお主は兄が好きだな』

（お兄様はこの世界だけじゃなくて、全宇宙の宝ですから。つまり全身全霊《ぜんしんぜんれい》で愛《め》でなければいけない至高の存在なのです）

『相変わらず何を言ってるか分からん』

大体いつも呆れたように言われるけど、聖剣はお兄様を見たことがないからだと思うの。

きっとお兄様を一目見たら、聖剣もお兄様の魅力にメロメロに……あ、なったらダメじゃない。聖剣に気に入られたら、下手すると勇者になっちゃう。

『だから我の契約者《けいやくしゃ》が必ず勇者になるわけではないと言っておるのに』

（でも分からないでしょ。聖剣さんを手にしたお兄様は神様をも魅了《みりょう》して、勇者にしたいって思われちゃうかもしれないじゃない）

この世界の神様はギリシャの神様に似ている。

創世神がいて、大地の女神《めがみ》や戦の女神がいる、いわゆる多神教だ。

聖剣を作ったのは鍛冶《かじ》神ヘパトスで、勇者を選定するのは大地の女神レカーテ。つまり聖剣と勇者では管轄《かんかつ》が違う。

さらにこの世界では定期的に魔王が生まれる。

定期的にっていうのもおかしいけど、恨《うら》みを持つ者が冥府《めいふ》に増えると、冥府からあふれた瘴気《しょうき》が地上に出て『魔王』という形を取るので、そうとしか言いようがない。

形のない瘴気の塊《かたまり》だった魔王は、力を増すと神と同じ姿……つまり、人型になる。

その魔王は、元が人に恨みを持つ者の思念の塊だからか、とにかく人間を滅《ほろ》ぼそうとする。

あれかも。魔王が生まれるのは大体が大きな戦の後で人がたくさん死んだ後だから、魔王は冥府をパンクさせるなっていう、冥府の神クトニオスの怒《いか》りの化身《けしん》なんじゃ……。

私はお兄様にすりすりしながら、勇者になんてなりませんように、と願う。

だって勇者になったら絶対、王家が取りこもうとしてくるもん。

勇者アベルが王女と結婚できたのは勇者だったからなわけで。

それがローゼンベルク公爵家の嫡男《ちゃくなん》でこんなにも賢くて美しいお兄様が勇者ということになったら、それこそ今の王太子を廃《はい》してフィオーナ姫を女王にし、お兄様を王配にという話が出てもおかしくない。

王太子のエルヴィンがお兄様の半分でも優秀だったらそうは思わなかったんだけど……。

「レティシア、俺からもお祝いを言うぞ！」

小説では割と単純で猪突猛進《ちょとつもうしん》な所があるけどいい人って印象だったけど、今のエルヴィンは、どうひいき目に見てもアホの子にしか見えない。

本当にこんなのが次の国王でいいの……？

小説の中のエルヴィンは、金髪碧眼で笑うと白い歯が見える、爽《さわ》やか系の細マッチョだった。

俺様で貴族至上主義みたいなところはあるけど、基本的に単純な性格をしているので、勇者アベルにぎゃふんと言わされることが多い、ちょっと道化師《どうけし》的な役割だったように思う。

そんな彼《かれ》の人気が出たのは、その壮絶《そうぜつ》な最期《さいご》からだ。

魔王との戦いの前で四天王と呼ばれる最後の魔物と対峙《たいじ》して、アベルのミスで窮地《きゅうち》に陥《おちい》った時、「ここは俺に任せろ。お前たちは先に行け」と言って相打ちになったのである。

それでも最後まで平民であるアベルのことは好きじゃなかったらしく「後は頼んだぞ、セリオス」と、最後にお兄様の名前を呟いて倒れた。

これぞ男同士の友情。

なんというかもう、最高ですよね！

ファンの間で、もしかしたらエルヴィンは脳筋なんじゃないかっていう疑惑《ぎわく》があったんだけど、こうして実物を見るとそれが正しかったことが証明されてしまった。

王家の教育ってどうなってるんだろう……。

「この俺がわざわざ来てやったのだぞ。もっと喜べ」

「誰《だれ》も呼んでないのに押しかけたのは誰ですか。しかも近衛《このえ》を撒《ま》いてきましたね？」

さり気なく私を背中に隠したお兄様の厳しい言葉に、エルヴィンは言葉を詰《つ》まらせる。

ええっ、近衛を撒いてきたの？

公爵家は王宮のすぐ近くに屋敷を持っているとはいえ、よくここまで無事にやって来たなぁ。

仮にも王太子なんだから、もっと慎重《しんちょう》に行動しないとダメじゃない。

「ちゃんとイアンは連れてきたぞ」

イアンって騎士団長《きしだんちょう》の息子《むすこ》で、エルヴィンと同じ年じゃないっけ……。

小説では学園の中で将来の側近候補として、エルヴィンのお守……じゃない、お目付け役をしている。

残念ながら魔王討伐《とうばつ》のメンバーには選ばれなくて、エルヴィンの死を知って「俺がいれば絶対に死なせなかったのに」って慟哭《どうこく》したのよ。

うん。あれは感動的なシーンだった。

そう思ってチラリと壁際《かべぎわ》を見ると、十一歳にしては大きな体を小さくしたイアンが申しわけなさそうに立っている。

きっと止める間もなく、エルヴィンが飛び出してきちゃったんだろうなぁ。

小説と同じで気苦労が多そう。

「エル様はイアンが死んじゃってもいいんですか？」

「は？　な、何を言うんだ」

お兄様の後ろから顔だけ出してエルヴィンを見ると、一体何を言われているか分からないという顔をしていた。

「だってもし護衛が誰もいない時に、エル様がほんのちょっぴりでも怪我《けが》をしたら、イアンは死罪になると思いますよ」

「そんな、大げさな……」

「そうですよね、お兄様」

私の言うことは信じなくても、お兄様は信じるだろうと思って話を振ると、賢い賢いと頭を撫《な》でられる。

えへへ。褒《ほ》められちゃった。

って、そうじゃなくて。

「そうだね。他の護衛がいないのならすべての責任はイアンが被《かぶ》るだろう。レティにも分かるのに、君は……」

そこはちょっと申しわけない。

私は永遠の十六歳だから、実質エルヴィンより年上なのよ。

五歳の私がこんな話し方をしてておかしいと思われないのは、お兄様がいるおかげだ。

私のように前世の記憶《きおく》があるわけでもないのに、五歳の時のお兄様の話し方は、今の私とあまり変わらなかったそうだ。

さすがお兄様。私とは違う、本物の天才！

「しかし、レティシアは俺の友達だから、誕生日を祝いに来るのは当然だろう」

「今度からはちゃんと先触《さきぶ》れを寄越して護衛を撒かないようにして下さい」

「わ、分かった」

お兄様にこんこんと説教されたエルヴィンは、ちょっと涙目《なみだめ》になっていた。

「お兄様、それよりもプレゼントを開けていいですか？」

「もちろんだとも」

やったー！

お父様からは温室を、お兄様からはお揃いのブレスレットをもらった。

温室はいずれ黄金のリコリスを見つけたら栽培《さいばい》できるようにおねだりした。

ブレスレットにはお兄様の瞳にそっくりな魔石がついていて、防御《ぼうぎょ》の効果があるらしい。

エルヴィンからは……。

お花のしおりをもらった。

子供のプレゼントみたい、と思いながら、でも私はまだ子供だった、って思い直して。

手にしたしおりを見て、驚愕《きょうがく》する。

それはこの世界で初めて見る、白に赤い縁取《ふちど》りの、リコリスの花だった。

◇　◇　◇　◇　◇

楽しかった誕生日の夜。

私は悪夢を見た。

それはセリオスお兄様がラスボスとなり、勇者アベルに殺される夢だ。

その死に方は様々で、小説の記述通りではあったものの、ある時は苦悶《くもん》の表情で、ある時は諦念《ていねん》の表情で、と、心をえぐるような色んな死に顔のお兄様が万華鏡《まんげきょう》のように移り変わる。

世界を滅ぼそうとするお兄様の姿は恐《おそ》ろしいけれどとても美しく、でもどこか悲しくて、私は魅入《みい》られたように夢を見続けた。

お兄様、ラスボスになっても素敵……。

でもやっぱりラスボスにはなって欲しくないわ……。

どんなに美しくても、やっぱり死んでしまうお兄様なんて見たくない。

ラスボスになるのを止めるには、エルヴィンの死を回避して、さらにフィオーナ姫《ひめ》との婚約を阻止《そし》するしかないのだけど……。

「レティ……」

倒《たお》れ伏《ふ》すお兄様が、切なげに私の名前を呼ぶ。

「お兄様、私はここにいます」

そっとその冷たい手を握《にぎ》って頰《ほお》に当てる。

いつの間にか聖剣を手にした勇者アベルは姿を消していて、世界は私とお兄様の二人だけになっていた。

「レティシア、ここにいたのか」

「はい。私はいつもお兄様の側に」

「夢を見たんだ。お前がいない夢を」

「きっとそれは悪夢です」

私の見ているこれが悪夢なんだけど、と思いながら、何が現実で何が悪夢なのか、私にも分からなくなる。

レティシアに転生してお兄様と過ごした今までのことは、死にゆく私が見た、都合の良い夢かもしれない。

でも……だったらどうだというんだろう。

悪夢など蹴《け》散《ち》らして楽しい夢だけを見続けられるのなら、それが私にとって現実だ。

この悪夢のお兄様も、現実のお兄様も、私が絶対に救ってみせる。

私はそっとお兄様の傷に手を当てる。

そして傷が治るようにと祈《いの》る。

すべての血管が、筋肉が、そして傷ついた内臓や皮膚《ひふ》が治るようにと魔力をこめる。

現実の私は魔力過多のせいで魔法を使うことはできない。

魔力過多の患者《かんじゃ》は、体の中に魔力を留《とど》めておけない。

たとえて言うならば、穴の開いた袋《ふくろ》から水が漏れ出るように、常に魔力がこぼれ落ちている状態なのだ。

そして魔法を使うとその穴が大きくなり、体内の魔力をすべて放出してしまう。

この世界の人間は多かれ少なかれ魔力を持っている。第二の血液のようなものだ。

私みたいな重度の魔力過多の患者は、興奮して一気に魔力が増えると風船が破裂するように体中の魔力を暴発させてしまって死んじゃうんだけど、普通に魔力を使っても死んでしまうのだ。

私は本来であれば魔法を使えないし、そもそも習ったことすらないのだから、お兄様に回復魔法をかけることなど不可能だ。

でも、ここが夢の中だからだろうか。何となくできるような気がした。

手から魔力が流れて行く。

いつも意思に関係なく流れていくだけだから、魔力の流れを自分で調整できるのは新鮮だ。

やがて光を失っていたお兄様の目に光が戻る。

「お兄様、お帰りなさい」

「ただいま、レティ」

そうして手を握り合う私たちの周りには、白に赤の縁《ふち》取りのあるリコリスの花が揺れていた。

◇◇◇◇◇

「あ……夢か……」

悪夢から目覚めた私は、カーテンから漏れる月の光に照らされた室内を見て、ほっと息を吐《は》く。

冷たくなった指の先に、モコがそっと触れる。

ふわふわのモコは抱きしめると温かい。

抱きしめても胴体《どうたい》の大きさがよく分からないんだけど、なんていうか、本当に毛玉の塊としか言いようがない。

目があるからそこが顔だと思うんだけど、やっぱり国民的アニメ映画に出てくるまっくろくろたろうにそっくり。

「モコ、いつもありがとうね」

『我もいるぞ』

（聖剣さんも、ありがとう）

モコと聖剣のおかげで発作が少なくなってるから、本当に感謝しかない。

この調子で完治までがんばりたいんだけどなぁ。

それにしても何であんな夢を見たんだろう。エルヴィンからもらったリコリスのしおりを見たからかな。

白に赤い縁取りのリコリスは、魔力過多を治す金色のリコリスを差し置いて『グランアヴェール』の表紙に何度も出てきていて、きっと何か重要なモチーフなんだろうと言われていた。

結局それがどう重要なのか、っていうのは分からなかったんだけど、同じリコリス、っていうのが引っかかる。

「聖剣さん、勇者は現れた？」

『いや』

「そっかー」

勇者アベルは今九歳だから、そろそろ聖剣が勇者の存在を認識《にんしき》する頃だと思うんだけど。

アベルは私ほどひどい魔力《まりよく》過多じゃないんだけど、九歳から十歳にかけての年に、魔力の暴発を起こす。

その時に漏れ出た魔力を聖剣が察知して声をかける、という流れだった。

聖剣には現在地を把握《はあく》する為、アベルに話しかけて欲しいとお願いしている。

私みたいに会話することはできなくても、近くの町の名前だとかが何となくでも分かれば、聖剣のいる洞窟《どうくつ》を見つけられる可能性が高くなるからだ。

悪夢を見たせいか、喉《のど》がカラカラだ。

ベッドの横のサイドテーブルに置いてある水差しの水……は、ずっと汲んで置いてあるからぬるそう。

しばらく眠れそうにないし、厨房《ちゅうぼう》で冷たいお水をもらおうかな。

部屋の中にある呼び鈴《りん》を鳴らしてメイドさんを呼んでもいいんだけど、何となくお散歩したい。

公爵家の中なら安心だし、いいよね。

私はよいしょとベッドから降りてドアに向かった。

枕《まくら》の横で眠っていたモコも起きたのか、ふわふわと飛びながら私についてくる。

「ごめんね、起こしちゃって」

そう言ってモコに謝《あやま》ると、モコは気にしてないよとでもいうように、私の腕《うで》の中に飛んできた。

「ありがとう、モコ」

ふわふわモコモコのモコを抱っこしていると、悪夢を見てささくれだった心が癒《いや》される。

はぁ。やっぱりもふもふは正義だよねぇ。

「お水をもらいに厨房に行きたいの。一緒に行ってくれる？」

モコに聞いてみると、いいよ、という返事の代わりに軽く上下に弾《はず》んだ。

部屋の扉《とびら》を開けて廊下に出ると、魔道具の灯《あか》りが煌々《こうこう》と廊下を照らしている。

廊下の壁には、風景画が何枚も飾《かざ》られていた。

他にも綺麗《きれい》な模様の壺《つぼ》が置いてある。

さすが公爵家。廊下がまるで美術館みたい。

「早く聖剣さんに会いたい」

そこには黄金のリコリスもあるから、魔力過多が治って魔法を使えるようになる。

『お主、そんなにも我のことを――！』

感動している聖剣に答えようとした時、廊下の角を曲がる人影《ひとかげ》が見えた。

こんな夜中に誰だろう。

飾ってあった壺の陰《かげ》に身を隠しながら、そっと様子をうかがってみる。

「ミランダ……？」

廊下の向こうに消えたその横顔は、最近ほとんど顔を合わせることがなくなった、ミランダのものだった。

でも衣装《いしょう》部屋の担当になったミランダが、どうしてこんな夜中に出歩いてるの？

私はミランダに見つからないように、こっそり後をつけた。

衣装部屋の仕事が、こんな夜中にあるとは思えない。

ミランダは使用人専用の階段ではなく、主人が使う階段を堂々と使って階下に降りた。

確かにこんな夜中であればこっちの階段を使っても見咎められることはほとんどないだろうけど、もしここを通ったのが分かったら、大変なことになるのに。

ミランダの向かった場所は、偶然にも私が行こうと思っていた厨房だった。

そっと扉の近くに寄ると、中から人の話し声が聞こえる。

「いよいよ仕上げよ」

「これを入れればいいんだな」

「ええ。今までのものより濃《こ》くしているわ」

「なるほどな。それでお前が香水《こうすい》をつければ、相手は魅了されるってわけか」

魅了⁉

どういうこと？

話している相手は、どうやら料理人らしい。

公爵家には何人も料理人がいるけど、夜中に厨房を使えるのは料理長くらいだ。

確か二年前に、とても腕のいい料理人を引き抜《ぬ》いたって、お父様が自慢《じまん》してたような気がする。

つい最近、その人を料理長に格上げしたんじゃなかったっけ。

「それにしても葉から抽出《ちゆうしゆつ》した薬を料理に混ぜて依存《いそん》させてから、同じ花を使った香水を嗅《か》がせると魅了できるとは、今までちっとも知らなかった」

「領地でも知る人はいないわ。一族の秘密だもの」

「おいおい、俺《おれ》に教えて良かったのかい？」

「ええ。平民の言うことなんて誰も本気にしないし、もし誰かが信じたとしても、あなた一人を闇に葬《ほうむ》るなんてすぐだわ」

弾むようなミランダの声にゾッとする。

「おおこわ。解毒薬《げどくやく》もないって話だし、とんでもない薬を作ったもんだよ」

そんな薬を一体誰に使うつもりなの？　もしかして……。

「長かったけど、これで公爵夫人になれるなら頑張った甲斐《かい》もあるというものね」

つまり、ミランダは料理長を買収してよく分からない薬をお父様に摂取《せっしゅ》させていて、それを摂取すると、それに反応する香水をつけたミランダに魅了されるってこと？

しかも解毒薬がないなんて。

「子供たちはどうするんだ」

「邪魔だけど、二人同時に処分したら私が疑われてしまうから、まずはやりやすい方を消しましょう」

「娘の方なら簡単そうだ」

娘って、私のことだ。

確かに魔力過多の私は、いつ死んでもおかしくない。

「意外としぶといから確実に殺さないと」

扉の奥の、ほんの少ししか離れていない場所で私を殺す相談をしているのに、ゾッとする。

足がすくむけれど、もう少し話を聞いておきたい。

「どうやって？」

「兄がいる時に、魔力増幅《ぞうふく》の薬を混ぜた菓子《かし》でも食べさせればいいわ。きっと誰も疑わない」

「なるほどな」

「血を分けた兄にあんなに執着《しゅうちゃく》するなんて、本当に気味が悪い」

ぐうう。

そこに関しては何も反論ができない。

でもセリオスお兄様は前世からの私の推しなんだよ。

推しとは心の中の神様にも等しい存在。

だからヨコシマな気持ちはなくて、ただお兄様の幸せを望んでいるだけなの。

ただハタから見たら、ミランダみたいに思う人がほとんどなんだろうな。

ちょっとは気をつけよう。

それからもミランダは私の悪口を言っていたので、私はそっとその場を離れてお兄様の部屋へと向かった。

そしてお兄様の部屋の前で立ち止まる。

勢いで来ちゃったけど、お兄様は寝てる最中だよね。

よく考えたらお父様に相談した方がいいのかな。

でも、お兄様の方が頼りになるんだよね。

モコを抱きしめたまま悩《なや》んでいると、お兄様の部屋の扉が少し開いた。

その隙間《すきま》から、綺麗なアイスブルーが見えた。

「レティ……？」

「お兄様」

えっ、まだ声もかけてないしノックもしてないのに、起きてくれたの？

それともこんな夜中なのに、まだ起きてたとか。

「どうしたの、怖《こわ》い夢でも見た？」

扉を開けてくれたお兄様は、私を部屋の中に入れてくれた。

そしてソファに座った私の肩に毛布をかけてくれる。

「眠れないのかな。ホットミルクでも持ってきてもらおうか」

そう言って呼び鈴《りん》を鳴らしてメイドを呼ぼうとするお兄様を、慌《あわ》てて止める。

「お兄様、待って、誰も呼ばないで」

「……何かあった？」

私は肩にかかった毛布をぎゅっと握る。

「あのね、お兄様。眠れなくて、それでお水をもらいに行こうと思って廊下に出たの。そしたら……」

私は厨房で聞いたミランダと料理長の会話をお兄様に伝えた。

お兄様はしばらく考えると、「父上に使われている薬は僕も聞いたことがない」と言った。

「しかも解毒薬がないのか……」

多分、小説でミランダがお父様と再婚《さいこん》したのは、この薬を使ったからなんだ。

小説より今の方が、展開が早いけど……。

ミランダが私の専属侍女《じじょ》じゃなくなったから、流れが変わったのかもしれない。

「何とか証拠《しょうこ》を掴《つか》みたいところだけど、父上がどれくらい薬の影響《えいきょう》を受けているか分からないのでは動きようがない」

「今日のお父様は、いつもと変わらないように見えました」

「そうだね。レティが聞いた話からすると、その香水を使わなければ、薬の効果は現れないみたいだ」

「香水の種類が分かれば……」

と、そこまで言った私は思い出した。

そうだ、小説のミランダはある花の香水を使っていた。

だからセリオスお兄様は、その花が大嫌《だいきら》いで……。

それなのに、その花の色違いから作られる薬が魔力過多の妹を救える唯一《ゆいいつ》の手段だったと知って絶望する。

「リコリスです、お兄様。リコリスの香水です」

小説の表紙にモチーフとして使われていた白に赤い縁取《ふちど》りのあるリコリス。

そして魔力過多を治す力を持つ黄金のリコリス。

小説『グランアヴェール』には、リコリスのモチーフが至るところに出てくる。

そして小説内でミランダが使っていた香水も「白に赤い縁取りのあるリコリス」から作ったものだったのだ。

「リコリス……。聞いたことがない花だ」

「今日、エル様が持ってきてくれたしおりの花です」

「あれか」

前世の記憶があるから知っているんだけど、そのことをお兄様に打ち明けると怒涛《どとう》のお兄様賛歌が始まってしまいそうなので、怖くて話していない。

だから今日もらったしおりから思いついたということにした。

「エル様から王宮で珍《めずら》しい花を栽培しているって前に聞いたことがあったから、一度見てみたいって話してて、それでしおりにして持ってきてくれたんだと思う。エル様がこれはリコリスっていう名前だって教えてくれたの」

「そんな話をしていたんだ。それで、レティはどうして香水がリコリスだと分かったの?」

「さっき厨房で、ミランダの故郷に咲《さ》いている、白に赤い縁取りの珍しい花を使って作った香水って言ってたから、もしかしてエル様からもらったしおりのお花と同じじゃないかなと思って……」

本当はそんな会話はしてなかったけど、つじつまを合わせる為には仕方ない。

私の説明に、お兄様は納得《なっとく》したように頷《うなず》いた。

「なるほど。それほど珍しいなら効能がまったく知られていないのにも納得できる」

お兄様は深く頷くと、何か考えこむようにしていた。

私はモコをぎゅっと抱きしめると、お兄様の言葉を待つ。

「王妃《おうひ》殿下《でんか》はその効能をご存じなのだろうか」

「知らないんじゃないかなぁ。知ってたとしたら、もっとこっそり栽培してると思う」

「レティの言う通りだね」

やっぱりレティは天才だね、と柔《やわ》らかく微笑《ほほえ》むお兄様の笑顔を心の写真アルバムに永久保存しておきたいです。

って、それどころじゃない。

お父様に使われた薬の解毒薬をどうにかしなくちゃ。

「エル様に頼んで王妃殿下からリコリスの花をもっと譲《ゆず》ってもらって、それでロバート先生に解毒薬を作ってもらえばいいんじゃないでしょうか」

私の言葉に、お兄様はゆるく首を振った。

「そうだね。でもしおりをもらった時にエルヴィンは王妃殿下が大切にしている花だと言っていたから、それほどたくさんは譲ってもらえないだろう。それよりもミランダの故郷に咲くリコリスを取り寄せたほうが早い」

確かにお兄様の言う通りだ。

公爵家《こうしゃくけ》の権力を使えば、花の一つや二つ、すぐに手配できるだろう。

『いや、あの花は扱いが難しいぞ』

(聖剣《せいけん》さん、聞いてたの?)

『別に盗《ぬす》み聞きしていたわけではない。そなたが興奮すると、魔力があふれ声が聞こえる時がある。何やら真剣そうな話をしていたから気になっただけだ』

それを盗み聞きというんでは、と思ったけど、私と聖剣は繫《つな》がってるらしいからあんまり腹を立てても仕方がない。

（扱いが難しいって、どういうこと？）

『あの花は根付いた場所から移動させると枯《か》れやすい。それもあって、あの子供はしおりにしたのだろう』

（そんな……）

ということは、現地で解毒薬の研究をするしかない。

だけどミランダの実家の領地に研究室なんて作れるんだろうか。

『だがもちろん、我であればそんな花の一つや二つ、すぐに増やしてみせるがな』

（おおー！　さすが聖剣さん）

『はっはっは。我は頼りになるであろう』

（その通りですね！　頼りにしてます）

それに、もしかしたら魔力過多の特効薬になる黄金のリコリスも、そこで咲いてるんじゃないだろうか。

実は前世の『グランアヴェール』ファンの間で、黄金のリコリスは普通のリコリスに聖剣の魔力が作用してできたものなんじゃないかって考察されてた。

そこで私は気がついた。

なんで聖剣はリコリスの花のことを知ってるんだろう。

（聖剣さん、リコリスの花のこと、知らないって言ってなかった？）

『名は知らなかったが、特徴《とくちょう》があるから分かった。あれならばそう珍しい花ではなかろう』

（なに言ってるの。金色どころか白いリコリスですら聖剣さんのいるところの近くにしか咲いてないよ）

『なんだと？　ちょっと前までそこら辺に咲いていたぞ』

（……聖剣さんの言う、ちょっと前っていつだろう）

『そうだな。人間の時間で言うと、二、三百年というところか』

（全然ちょっとじゃなーい！）

もうっ。

年寄りの言うちょっと前は、全然ちょっとじゃなかった。

つまり、リコリスは昔は珍しい花じゃなかったけど、今は聖剣の近くにしか咲いてないんだ。

となると、王都から離れたところにあるミランダの故郷のどこかに、聖剣の洞窟があるってことだ。

私の魔力過多によって増え続ける魔力はモコと聖剣によって吸収されていて、ここのところはひどい発作《ほっさ》を起こしていない。

でも聖剣からは、私の魔力が大きすぎて、このままではいずれ吸収できなくなってしまうだろうと言われている。

だから聖剣と本契約して、お兄様がラスボス化しないためにも長生きしたい。

私は洞窟の周りの様子を思い出そうとする。

アベルの村の北側に大きな崖《がけ》があって、その崖の上に立ったら洞窟に転移していた。

(ねえ、聖剣さん。例えばなんだけど、その洞窟の上に人が立ったら聖剣さんのところまで転移させられる?)

『ふむ。それくらいなら容易《たやす》いな』

(凄《すご》い! だったらね……聖剣さんのとこに行けるかもしれない)

『おお、それは良い。いつだ? いつ来るのだ?』

(まだ分からないけど、早いうちには行けると思う)

そう心の中で言いながら、私はついに聖剣の場所が分かるかもしれないと興奮していた。

ミランダの故郷にある崖、という所まで範囲が狭《せば》まれば、聖剣のいる洞窟を見つけられるはず。

崖沿いにずっと歩くのでもいいし、闇雲《やみくも》に探すより望みがある。

完全には喜べないけど、でも、嬉《うれ》しい。

発作を起こすたびに、このまま目覚めなかったらどうしよう、お兄様が笑えなくなったらどうしよう、って思ってた。

私が前世の記憶を持つせいで推《お》しのお兄様に興奮しちゃって、たぶん小説よりも死にかけた回数が多くなっちゃって。

もし小説よりも早く死んでしまったら。

お兄様を救うこともできず、小説通りの未来にすることもできず、もしかしたらイレギュラーな私のせいでお兄様をラスボスにしないどころか、魔王を倒すこともできなくなるんじゃないかって、ずっと不安だった。

だけど黄金のリコリスが見つけられれば魔力過多の特効薬を作れるし、ついでに聖剣もゲットしちゃえば魔王も倒せる。

近くに普通のリコリスが咲いてるなら、それでお父様の解毒薬も作れる。

もしかしたら黄金のリコリスを咲かせるのに聖剣が必要かもしれないから、魔王が現れて聖剣が必要になるまでは、リコリスを栽培する予定の我が家の温室の真ん中に刺《さ》しておこうかな。

どっちも本来は勇者になるアベルが手に入れるものだけど、先に魔力過多の薬を作れば発作に苦しむことがないし、聖剣は魔王討伐に必要ならアベルに貸せばいい。

『我は契約者以外には扱えぬぞ』

（えっ、じゃあ魔王討伐はどうするの）

『我でなくとも倒せるが、一番良いのはお主が討伐に加わることであろうな』

（剣なんて使えるかな）

なにせ前世ではずっとベッドの上だったたし、今も発作を起こさないように静かな生活を心がけていて運動とはほど遠い。

男の子でもないし、剣の鍛錬《たんれん》なんて一度もしたことがないんだけど。

『なに、問題はない。我を手にすれば自然と体が動く』

（それ、聖剣さんに操《あやつ》られてるって言わない？）

『誰かを守って戦うという意思がなければ、我はただのなまくらと同じだぞ』

（誰かを守る……）

『我は聖剣ゆえ、守りたいという気持ちがなければならぬのだ』

確かに聖なる剣だもんね。悪い目的のために使えないのは当然かも。

残る問題は、どうやってミランダの故郷に行くかだけど……。

なんて言ってお兄様とお父様を説得しよう。

「お兄様」

「うん」

「一刻も早くお父様からミランダを引き離《はな》したほうがいいと思う」

「そうだね」

「お兄様には、何かいいアイデアがありますか？」

私が聞くと、お兄様は「そうだね」と考える素振《そぶ》りをしながら私を見る。

「レティこそ、何かいい考えがあるのかい？」

「ミランダを物理的に離すのが一番だと思います！」

私が元気よく答えると、お兄様はよくできましたと私の頭をなでてくれた。

えへへへ。嬉しい。

「確かに、それは言えるね。でもどうやって？」

「ミランダの故郷は王都のはずれにあるから、その反対側におつかいに行ってもらいましょう」

「反対側か……でもどうやって？」

「エル様からもらったリコリスの花を気に入った私のために、お兄様がリコリスを取り寄せるんです」

私の説明に、お兄様は顎《あご》に手を当てて考え始める。

お兄様の整った顔にろうそくの明かりが陰影《いんえい》をつけて、まるで彫像《ちょうぞう》のように美しい。

四年前よりも丸みの失《う》せた頬に、長いまつ毛の影が落ちる。

少年らしさを抜け出す時期特有の、何とも言えない魅力があった。

まるでミケランジェロが描いた絵のように完璧《かんぺき》な美しさを持つお兄様に、そんなことをしている時ではないというのに、思わず見とれてしまう。

「なるほど、そこにリコリスがあるということにして、ミランダを向かわせるのか」

「実際に花が咲いているヘル子爵家《ミランダ》の領地の反対側ということにしておけば、安心すると思うんです」

「さらに父上から提案してもらうと良いだろうね」

私はお兄様に同意して頷く。

きっとあのミランダのことだ。私たちが見当違《けんとうちが》いをしているとほくそえんで、意気揚々《いきようよう》と探しに行くに違いない。

そして奇跡的《きせきてき》にリコリスがあったとしても、見つからなかったと報告するのだろう。

「でも衣装部屋担当のミランダに頼むのは、ちょっと不自然じゃないですか？」

私つきの侍女から衣装部屋の担当に配置換《が》えした後、そこでもミランダはちょっとしたトラブルを起こしたらしい。

さすがに王妃の縁戚《えんせき》とはいってもクビにするところなんだけど、なぜかそのまま勤めている。

「ミランダの故郷の反対側にある王妃殿下の兄のギルソン侯の領地でリコリスの花を見かけたものがいるということにしよう」

なんという天の配剤《はいざい》！

そんな絶妙《ぜつみょう》なところに王妃の実家があるんだ。

「それだったら、ミランダに頼むのも不自然じゃありませんね」

ミランダは王妃の遠縁《とおえん》だ。つまり遠縁の領地に探しに行くのだから、むしろミランダ以外には頼めない。

「その間にレティの療養《りょうよう》ということで、王都を出てミランダの故郷にリコリスの花を探しに行こう」

お兄様も一緒？

それは嬉しいけど、でもそれだとこっそり聖剣を見つけられなくなっちゃう。

ああ、だけど温室の真ん中にオブジェとして刺《さ》す予定なら、偶然聖剣を見つけちゃいましたってことにした方がいいのかな。

それにお兄様と旅行、って考えると、心が浮《う》き立つのは仕方ないよね。

凄く楽しみ！

「さあ、もう遅いから部屋まで送っていこう。それともここで一緒に寝る？」

ひえええええ。

そんな、お兄様と一緒のベッドに入ったりしたら緊張《きんちょう》で眠れません！

ここは素直《すなお》に自分の部屋に戻ります。

そして部屋に戻った私が眠るまでお兄様は手を握ってくれていて。

悪夢なんて忘れてしまうくらい、素敵な気持ちで眠りに落ちた。

でもその旅行は実現しなかった。

朝食の席で、私が突然倒れてしまったからだ。

昨日の夜に料理長がミランダの協力者だって分かったから、まずはお兄様が先に毒見として少しずつ料理を口にして、問題がなければ私も食べるっていう予防策を取っていた。

食事には何も問題がなくて、気を抜いたのがいけなかったんだろう。

同じティーカップに注がれていても、私の前に置かれたのは紅茶じゃなくてホットミルクだ。

一口飲んだ瞬間《しゅんかん》、魔力が爆発的《ばくはってき》に増えて、体の中を暴れ回る。

私はカップを取り落とし、食卓《しょくたく》に突《つ》っ伏《ぷ》した。

力を失った体がずるりと床に落ちる。

「レティ！」

お兄様の叫《さけ》ぶ声が聞こえる。

応えようと思っても、声が出ない。

モコが必死に魔力を吸ってくれるけど、それ以上に魔力が膨《ふく》らんでいく。

『娘《むすめ》、大丈夫か！』

聖剣も心配して声をかけてくれるけど、返事をする余裕《よゆう》はない。

油断した。

ミランダと料理長がお菓子の中に魔力を増幅させる薬を入れるって言ってたけど、お菓子じゃなくてホットミルクに入れられたのかもしれない。

「すぐに料理長とミランダを捕《つか》まえてこい！」

お兄様の声が遠い。

ああ、もっと警戒《けいかい》しておけば良かった……。

膨らみ過ぎた魔力が、限界まで大きくなる。

ダメ、お兄様たち、逃《に》げて……！

小説でアベルが魔力の暴発を起こした時の描写《びょうしゃ》を思い出す。

森の中で幼馴染《おさななじみ》が魔物に切りつけられて、それで……。

アベルに抱きしめられていた幼馴染は無事だったけど、周りの木が全部なくなっていた。

ということは、私が魔力の暴発を起こしてしまったら、ここにいるお兄様たちが危険になる。

でも、魔力はどんどん膨らみ破裂寸前まで増えてしまっている。

どうしよう、どうすれば……。

『ねえ、ボクとケイヤクする?』

頭の中に聞こえる、いつもの聖剣とは違う、言葉を覚えたての子供のような声。

『おお、そいつがおった。娘、早く契約をするのだ』

(契約……誰と……?)

『その毛玉に決まっておるだろう。精霊《せいれい》の幼体は力を持たぬが、そなたの魔力を吸って契約できるほどに育ったのだ』

(何だか分からないけど、助かるのなら……)

私はモコの黒い瞳《ひとみ》と目を合わせる。

(モコ……私と契約してくれる?)

『もちろん』

モコがそう言った瞬間、見えない何かで深くモコと繋がったのを感じる。

『ボクね、レティシアのマリョクをたくさんもらったから、ミンナより早く大きくなれたんだよ』

膨らみ過ぎた魔力がどんどんモコに流れていくのを感じる。

それと共に、モコのつたなかった言葉が滑《なめ》らかになっていった。

『ああ、レティシアの魔力を膨らませてるのってこれかな……。これは僕の魔力で包んで……えいっ』

モコの掛《か》け声と共に、体の熱がすうっと収まる。

そしてあれだけ暴れていた体の中の魔力が落ち着きを取り戻した。

（モコ、今何をしたの？）

『えっとね、悪さしてるのをポイってしてた』

（その辺に捨てちゃダメよ）

『分かった』

素直に返事を返したモコが食卓の上でふるふると体を震わすと、そこから白い粉が落ちてきた。

「レティ、大丈夫かっ」

不意に私に触れたら余計に魔力暴発の危険性が高まるのを十分に分かっているお兄様が、すぐに駆《か》け付けられる距離《きょり》で心配そうにしている。

お父様は、と視線を向けると、何だかボーっとして座っているだけだ。

それを見てある可能性に気づいた私は、ダメもとでモコにお願いをしてみる。

（モコ。お父様にも悪さをしてるのが入ってると思うんだけど、取れるかしら）

『んー。やってみる』

モコはふよふよと飛んで、お父様のもとへ行く。

そしてその顔に張り付いた。

『うーん。全部取るのは時間がかかりそう。ちょっとずつでもいい？』

ミランダたちの会話を聞く限り、お父様は以前から薬を盛られていた。

だから取り除くのにも時間がかかるんだろう。

（それでいいからお願い！）

『分かったー』

モコの答えに安心して、私は真っ青になっているお兄様に目を向ける。

「お兄様、もう大丈――」

続けようと思った言葉は、お兄様のアイスブルーの瞳からこぼれ落ちる綺麗な涙を見て途《と》絶《だ》えてしまった。

誰よ、推しを泣かせたのは！

……私だ。

「レティが倒《たお》れて、もう永遠に喪《うしな》ってしまうのかと思った……」

恐《おそ》る恐る伸ばされる手を、そっと握《にぎ》る。

指の先まで冷えている手を、小さな両手で包みこんだ。

魔力過多が治ったわけではないと思う。これからも発作を起こして倒れることはあるだろう。

でもモコとの契約で、少なくとも魔力の暴発が抑えられることは分かった。

いつまでもつかは、分からないけど。

『安心せい。そなたの魔力量が格段に上がらぬ限りは暴発せぬぞ。我と正式に契約すれば、その心配も無用になる』

（ほんと？　だったら嬉しい。聖剣さんもモコもありがとう！）

お礼を言うと聖剣から照れたような気配が伝わってきた。モコはどういたしましてというようにお父様の額の上でふりふりと体を揺らす。

もう、魔力の暴発で死ぬことはない。
これはお兄様のラスボス回避《かいひ》に向けての、大きな大きな第一歩だ。
これからも、絶対に阻止《そし》しますから！
お兄様。
前世も今世も、私はお兄様が大好きです！

第四章 お守り作り

私が倒れてから数日が経《た》った。

結局、私とお父様に薬を盛っていた料理長は、どこかに姿をくらましてしまっていた。

私のホットミルクに入っていたのは、魔力《まりょく》の少ない貴族がよく飲む、魔力を増幅させる成分のある砂糖のようなものだった。

私にとっては毒になりうるそんなものが厨房《ちゅうぼう》にあるはずがないのだから、明らかに故意だ。

薬の影響でボーっとしているお父様に代わって、お兄様がすぐに料理長を捕まえようとしたけど、一向に行方《ゆくえ》がつかめず捜査《そうさ》が難航しているらしい。

この国でも絶大な権力を握るローゼンベルク家の追跡《ついせき》から逃れるなんて、ただの料理人じゃなかったに違いない。

ミランダの部屋からは確かにその魔力増幅剤《ぞうふくざい》が見つかった。

でも一応貴族であるミランダが自分で使うためのものだと言い張られてしまえば、それ以上の追及《ついきゅう》はできない。

料理人とミランダが私を殺す計画を話しているのを見たのは私だけだし、ちゃんとした証拠にはならないということで、ミランダは厳重注意だけで無罪放免《ほうめん》となってしまった。

お兄様は証拠があろうとなかろうと関係なくクビにしたかったみたいだけど、ミランダが王妃様に相談しますとか言い出したんでそれ以上強く言えなくなってしまった。

お父様は、魅了《みりょう》まではいかないまでも長年に渡《わた》って薬を盛られていたせいで、ミランダに関しては正常な判断ができないみたい。

クビにするほどではない、なんてのほほんと言うお父様に向ける、お兄様の冷たい視線ときたら……！

さすがラスボスお兄様、なんて感心しちゃったわ。

「確か、小説でお兄様が笑顔を見せなくなったのは私が死んでしまったのが最大の原因だけど、それだけじゃなかったはず」

『お主の言っていたこの世界の物語か？』

「うん」

『不思議なものだな。知らぬ世界で我らが物語になっているというのは』

一応、聖剣にはいかにお兄様が素晴らしいかの話をするついでに、私には前世があって、そこでこの世界の物語を読んだと説明している。

魔王が復活するという話をしたら、聖剣は驚かずに「そうだろうな」と納得していた。

最近、大気の中の瘴気《しょうき》が増えているのを感じていたんだそうだ。いずれ大地の女神《めがみ》レカーテが勇者を選定するだろうとも。

ただ聖剣にとっては会話ができる相手だけが重要なので、大して気にしていなかったらしい。

聖剣さん、どれだけ会話に飢《う》えてたの……。

『しかしお主の兄が魔王よりも強くなるとは』

「うふふ。お兄様は最高に強くて最高にかっこいいですからね！」

ただし勇者に倒されちゃうのは嫌だから、ラスボス化は阻止するけど！

と、そこでふと思いつく。

聖剣を持たない勇者が、果たしてラスボスお兄様に勝てるのかしら、って。

だって勇者の能力を底上げしてるのは、明らかに聖剣だった。

学園で剣術の稽古《けいこ》をしていたけど、すぐにマスターしたのは聖剣のおかげ。

つまり、勇者より先に私が聖剣と契約しちゃえば、たとえお兄様がラスボスになったとしても、勇者に倒されることはない⁉

魔王はこの世界をすべて瘴気で覆《おお》ってしまって生きる者のいない世界を創ろうとするけど、お兄様が世界を破壊するとは思えない。

ということは、勇者に聖剣を渡さなければ、お兄様は死なない。

そっか。

今までラスボスにならないようにとがんばってたけど、ラスボスになっても勇者に殺されなければいいのよね。

ラスボスになってダークサイドに堕《お》ちたお兄様……。

それはそれでカッコよくて素敵……。

『待て待て、それでは本末転倒《ほんまつてんとう》だぞ。お主の望みは兄を悲しませることではあるまい』

はっ。そうだった。

私までダークサイドに堕ちるところだった。

危ない危ない。

これもお兄様が、どんなお兄様でも素敵すぎるからいけないのよね。

私の使命はいつもお兄様が穏やかに笑って過ごすこと。

そうだよね、推しを不幸にするなんて、ファンの風上にもおけない裏切りだよね。

心の底から反省します！

「聖剣さんの言う通りだわ。お兄様の憂《うれ》いはすべて取って差し上げなくては」

私は両手で拳《こぶし》を握って決意を固める。

「えーっと、確か小説では信頼《しんらい》していた使用人に裏切られて、それで信用できるのは家族だけってなったのに、私が死んでしまって、お父様はあっさり再婚しちゃって絶望したんだっけ……」

信頼していた使用人、っていうことだから、それはミランダではない。

お兄様はローゼンベルク公爵家の後継《あとつ》ぎだから、専属の執事《しつじ》や侍従《じじゅう》がいる。そのうちの誰かが裏切るってことだけど……。

私はお兄様に仕える彼らの顔を思い浮かべる。

専属の執事は執事長の長男だし、侍従も代々ローゼンベルク家に仕える一族の一員だ。

彼らが我が家を裏切るなんて考えられない。

うーん。誰一人《だれひとり》怪《あや》しい人はいないなぁ。

そもそも公爵家くらいの家になると、執事や侍従だけじゃなく、そこに仕える使用人たちのほとんどが代々仕える家柄《いえがら》の者たちばかりだ。

というか、うちとまったく関係ない人なんて危なくて雇《やと》えない。

それこそ敵対する貴族に命令されて暗殺されるかもしれないわけだし、スパイだっているかもしれない。

特に公爵家の直系であるお兄様とか私の側《そば》に仕える使用人は、厳密な審査《しんさ》を経て雇われているはず。

ミランダみたいに王妃のごり押しで雇われるなんていうのは、例外中の例外だ。

……ミランダみたいな人がお気に入りなんて、大きな声では言えないけど、王妃様って趣味《しゅみ》悪いよね。

それはともかく、ちょっと使用人たちを探《さぐ》ってみようかなぁ。

こういう時って子供は便利よね。

屋敷の中をうろちょろしてても怪しまれないもの。

それでは捜査に乗り出しますか！

まずは、どうしてお兄様が狙《ねら》われるのか、っていう所から考えなくちゃいけない。

お兄様は最高で完璧で素敵だけど、それは置いておくとして、他人から見たお兄様は「ローゼンベルク公爵家の嫡男《ちゃくなん》」になる。

ローゼンベルク公爵家のご先祖様は、元々は王国に隣接《りんせつ》する小さな国の王様だった。なんやかんやあって王国に併合《へいごう》された時に、公爵の地位をもらったらしい。

なので、その国の国宝とやらが我が家にはたんまりある。ほとんどが使い道の分からないものらしいけど。

そして元々治めていた国の大部分を領地にしているから、とてもお金持ちだ。

もちろん公爵家なので権力もある。

うん。

どう考えても、誰かがローゼンベルク公爵家の家督《かとく》を狙ってる、ってことだよね。

ローゼンベルク家の直系は、お兄様と私だけだ。

その私は魔力過多で長生きできないと思われているから、お兄様を消せば、家督は他の誰かのものになる。

その誰か、なんだけど……。

さっぱり見当がつかないのよね。

なので、子供らしく無邪気《むじゃき》に遊んでいるふりをして様子を探る作戦の決行だ。

怪しいのは、お兄様専属の執事・侍従・護衛の三人。

この三人は後継者《こうけいしゃ》であるお兄様にずっとついていないといけないはずなのに、原作には出てこなかった。

つまり、何らかの事情で職を解かれたわけだ。

そこで私は屋敷をうろうろしてこの三人の情報を集めた。

まず執事。

彼は代々我が家の執事をしている家系の出身で、お兄様が生まれた時から将来専属執事として仕えるべく教育された人らしい。

そういう教育を受ける人は何人かいて、その中でも特に優《すぐ》れた人が、後継者の専属執事として選ばれるんだとか。

つまり彼はローゼンベルク公爵家の執事の中でも、多数のライバルを蹴散《けち》らして仕えている、エリート執事なのである。

仕事はできるし、お兄様に絶対の忠誠を誓《ちか》っているし……。逆に私が疑ってしまってごめんなさいと謝りたくなるくらい、完璧な執事だった。

執事さんは犯人じゃないでしょ。むしろあの人が犯人だったら軽く人間不信になるレベル。

……小説のお兄様は表情筋が凍《こお》ってたけど、ま、まさかね。

次に怪しいのは、専属の侍従。

執事の仕事がスケジュールの管理で、侍従の仕事は身の回りの世話だ。

朝起きて目覚めの紅茶を運んだり、服を着替《きか》えるのを手伝ったり、何とも羨《うらや》ま……あ、いや、つまりずっとお兄様の側について仕えている。

彼はお兄様の乳兄弟《ちきょうだい》にあたり、やっぱり絶対の忠誠を誓っている。

乳母だった人は公爵家に仕える騎士《きし》の妻で、今は家族と一緒に暮らしていて、たまに屋敷に遊びにくる。

……怪しいところが何もない。

残るは護衛だけど、彼も公爵家の騎士団から選ばれていて、身元の確かな青年だ。うちと同じく妹がいるらしく、私がお兄様にべったりくっつくのを微笑《ほほえ》ましく見ている。

「うーん。困った」

『お主の兄を裏切る者が見つからないのか？』

やはり年の功ということで、何かいいアイデアがないかと、聖剣に相談してみる。

「そうなの。誰も怪しい人がいないの」

裏切る人間というのは、恨《うら》み、嫉妬《しっと》、そしてお金で動く。

でもお兄様は恨まれるようなことは何もしていないし、公爵家に対する恨みだったとしても長年仕えている家柄《いえがら》の人たちばっかりだから、それも考え辛《づら》い。

お金にしても公爵家では十分な給金を渡している。

賭博《とばく》か何かで身を持ち崩《くず》していたらお金を必要とするだろうけど、それはない。

残るのは嫉妬だけど……。

なんていうか、人って、手が届きそうなところにいる人には嫉妬するけど、そのはるか上にいる人に対しては、嫉妬するより憧《あこが》れたり崇拝《すうはい》したりすると思うんだよね。

お兄様と立場の似ている人ならば嫉妬するのは分かるけど、ここまで立場が違うと、嫉妬の対象にならないいんじゃないかなぁ。

となると、誰が裏切るのか分からない。

「風の魔法が使えれば、盗聴《とうちょう》とかできそうなんだけどなぁ」

魔力があるのに、一度使うと壊《こわ》れた蛇口《じゃぐち》から水があふれるように魔力がどばーっと垂れ流しになってしまうから使えないなんて、本当に宝の持ち腐《ぐさ》れだわ。

しかも興奮して魔力が増えすぎると、自分の体を壊しちゃうとか、魔力過多じゃなければ、できることがいっぱいあるのに……。

『剣でもあれば、我の力を貸《か》し与《あた》えることもできるのだがな』

「えっ、そうなの？　じゃあお兄様の剣に力を貸せる？」

『いや。契約者たるそなたが持っておらぬと無理だな』

「じゃあ無理じゃない……」

剣は重い。

私のような五歳児に持てと言われても重くて持ち上がらないだろう。

短剣《たんけん》ですら無理だと思う。

持てるものといったら、針くらいしか……。

「私が手にした剣なら、力を貸せるってこと？」

『うむ』

「だったら、針は？」

『針だと？』

「そう！　良いこと考えちゃった！」

聖剣に針に憑依《ひょうい》してもらって、糸はモコの毛をもらって。

じゃじゃーん！

お守りを作りまーす！

袋は首から下げられる巾着《きんちゃく》にして、中に入れる布に刺繍《ししゅう》をする。

「絶対防御って刺繍したいけど、刺すのが難しそう。守護だったらどうかな。この言葉も難しそうだけど、お兄様の為だし、がんばる！」

刺繍をやったことはないけど、メイドのドロシーがやってるのを見てるから多分大丈夫……のはず。

「巾着の色は、お兄様の目の色と同じ水色がいいなぁ」

「こちらはいかがですか」

布が欲しいとドロシーにおねだりすると、すぐに綺麗《きれい》な水色の布を持ってきてくれた。

おお、さすが公爵家《こうしゃくけ》。

目の色の布というのは貴族にとって結構重要なアイテムなので、我が家でもお父様やお兄様の瞳の色によく似た色の布を作らせていて、公爵家が管理している。

なんでもローゼンベルク・ブルーって呼ばれてるんだって。

これ、あれだ！

前世でリップクリームとか手鏡とか入れて愛用してた巾着の色だ。

それぞれのキャラに合わせた推し色が決まっていて、お兄様の色は綺麗なアイスブルー。

私もセリオス様をイメージした、綺麗な水色の巾着に財布《さいふ》にTシャツ、他にも色々。全部公式にお布施《ふせ》して揃《そろ》えてた。

うわぁ。懐《なつ》かしい。

本来は公式が売ってたはずのグッズを自分で作るって、ちょっと感動する。

私はドロシーに教えてもらいながら、水色の布を巾着にしていく。

ちょっと縫《ぬ》い目《め》がガタガタだけど、初めてだし、こんなものよね？

「お上手ですわ、お嬢様《じょうさま》」

ドロシーはとても褒《ほ》め上手だ。
お兄様の為の努力を褒められるのはとても嬉《うれ》しい。
私はがぜんやる気に満ちて、裁縫《さいほう》に取り組む。
さて、次はお守り作りだ。
本当は小さな布に刺繍をしたかったんだけど、初心者の私にはハードルが高かった。
とりあえず初心者向きのハンカチサイズからチャレンジだ。
真っ白なハンカチに、真っ白なモコの毛で刺繍をしていく。
白に白だと文字が見えなくなってしまいそうだけど、モコの毛は私が触れるとちょっと
キラキラ輝くので、よく見ると文字を読める。
でも、刺繍するのはとんでもなく難しい。
なんていうか針を刺すごとに、疲《つか》れが溜《た》まってしまうのである。
『それはそうだろう。魔力《まりょく》をこめておるのだからな』
（聖剣さん、なんとかして）
『無理だな。これ以上の力を貸すと、魔力があふれるぞ』
ううう。それは魔力の暴走を引き起こすやつ。
だめじゃない……。

聖剣は私が持つ金属には力を流せるので、私が聖剣にお願いしたのは、私の魔力が流れ過ぎないように調整すること。

聖剣の持つ力を流してもらってもいいんだけど、それより私の魔力を使ってお守りを作った方がいいだろう、ってことになった。

その魔力を留めておくのが、私の使い魔になったモコの毛なのである。

モコと私は繋《つな》がっているから、モコの毛で作ったお守りはずっと効果を保つ。

つまり、私の魔力が続く限り、お兄様を守れるのである。

でも私の魔力を流すには、細かい調整が必要らしく、それで刺繍が進まないのだ。

『おそらく、その文字自体も力を持っているのだろう』

私が刺繍しようとしているのは「漢字」だ。

この世界にはない文字なので、なんとなく効果が大きくなりそうだなと思ったのだ。

(じゃあどうすればいいの)

『もっと簡単な字にしてはどうだ』

(簡単だと……やっぱり『守』かなぁ)

複雑にしないで、とりあえずお兄様の無事と安全を守ることだけを祈《いの》って刺繍してみよう。

私はやりかけの刺繍をほどいて、一文字だけ刺すようにする。

そうすると不思議とするすると刺繍ができる。

初めに作ったお守りはちょっと字が歪《ゆが》んだので、もう一つ作ってみる。

多少字が歪んでるけど、これならお兄様にあげても大丈夫かな。

(聖剣さん、どう？　これならいけてる？)

『ふむ。まあまあだな』

(まあまあかぁ……。でも無いよりましだよね)

私が作ったお守りに対する聖剣の評価はイマイチだったけど、初めて作ったにしては上出来だよね。

私は「見て見てー」とモコと遊んでいるドロシーに、真ん中に大きく「守」という文字を刺繍したハンカチを見せた。

薄いハンカチを使ったから、これならお守《まも》り袋《ぶくろ》に入れても大丈夫だろう。

「これはなんの模様ですか？」

不思議そうにハンカチを見るドロシーに、そっか、漢字を知らなかったら文字じゃなくて模様に見えるんだねと納得《なっとく》した。

「ええっとね。これがお兄様を守ってくれるの」

「まあ、そうなのですね。きっとセリオス様もお喜びになりますね」

にこにこと笑うドロシーに、私も満面の笑みを返す。

「えへへー。そうかなぁ。そうだといいな」

「絶対そうなりますとも。では、こちらが旦那様《だんなさま》に差し上げる分ですね」

最初の、字がかなり歪んだお守りを示されて、じゃあついでにお父様の分も作ろうかってことになった。

ミランダに薬を盛られて、モコがちょっとずつ解毒《げどく》してくれてるからだいぶ良くなったけど、まだ本調子には遠いみたいだもんね。

お守りを入れる袋はどうしよう。お兄様とお揃いにする？

どうしようかとうんうん悩《なや》んでいたら、ドロシーが綺麗な紫色《むらさきいろ》の布を持ってきてくれた。肖像画《しょうぞうが》で見たお母様の目の色にそっくりだ。

「お父様も喜んでくれるかなぁ」

「それはもう大喜びすると思いますよ」

ドロシーの言葉に同調するように、モコはぴょこんぴょこんと跳《は》ねている。

基本的に、モコは普段《ふだん》はあんまり喋《しゃべ》らない。でもその仕草で喜怒哀楽《きどあいらく》がすぐに分かって可愛《かわい》い。

私はお守りを仕上げると、ちょうど出かける所だったお兄様とお父様に渡した。

お父様は私からの初めてのプレゼントだということで、涙を流して喜んでいた。

こんなに喜んでもらえるなら、あげた甲斐《かい》があるなぁ。

もちろんお兄様も喜んでくださった。

アイスブルーの目を細めて私の頭をなでてくれるお兄様……。

うっとり。

もっとです。もっとなでてください。

至高のひと時です。ありがとうございます。

そうして私はお兄様のなでなでタイムを満喫《まんきつ》した後、名残惜《なごりお》しいながらも、領地に視察に行くというお兄様たちを見送ったのである。


でも、それから数時間後。

私は、お父様とお兄様の乗っている馬車が、賊《ぞく》に襲撃《しゅうげき》されたという知らせを受けた。

慌《あわ》ててホールに向かった私は、お兄様の無事な姿を見つけてホッとする。

でもお父様は……？

「お父様！」

護衛に抱えられたお父様は、ぐったりとしている。

「急に魔物が襲《おそ》ってきたんだ。回復術師をすぐに呼べ！」

魔物が……!?

そういえば小説で、お父様が魔物に襲われるという事件があった。

でもそれはミランダと再婚《さいこん》してからの話で、自分の子供を後継ぎにしようと企《たくら》んだミランダの仕業《しわざ》だったはず。それでお父様は寝たきりになってしまって、ローゼンベルク公爵家はミランダに牛耳《ぎゅうじ》られる、という流れで……。

もちろんお兄様がミランダの罪を暴《あば》いて追い出したけど、それまでの数年はお兄様にとって辛《つら》く厳しい物になる。

お兄様の無表情が更に進行する原因でもあるのよね。

まさかこんなに早くこの事件が起きるなんて……。しかもお兄様と一緒の時に。

そもそもミランダとの再婚がなくなったから、起こらないはずって信じてた。

もっと警戒していれば、お父様が怪我《けが》をすることもなかったのに……！

私は寝室《しんしつ》に運ばれていくお父様の後を追った。

「お兄様、お父様は……」

ベッドにうつ伏《ぶ》せで横たわるお父様の顔色は悪い。

その背中には大きな切り傷があって、血がドクドクと流れている。

お兄様が氷魔法で凍らせて止血しようとしたのか、切られたコートの上の方はうっすら凍って白くなっていた。

「僕をかばって……」

お父様……！

確かにお兄様が危なかったら身を挺《てい》してかばうのは当然だけど、それでお父様が怪我を負っちゃダメでしょう！

しかも魔物から受ける傷には瘴気が残る可能性が高い。

これほど深手の傷なら、かなり瘴気のダメージを受けているはず。

もしかしたら、お父様が死んでしまうかも……！

（聖剣さん！　何とかならない？）

私は苦しい時の聖剣頼《だの》みで声をかける。

でも聖剣の返事はのんびりしたものだった。

『瘴気はないから、大丈夫であろう』

（え……？）

『お主の作ったお守りとやらが効果を発揮したようだな。傷だけならば神官でなくとも癒《いや》せるはずだぞ』

私はじっとお父様の背中の傷を見る。

瘴気がなくて怪我だけ。

怪我だけなら、確かに回復術師の魔法で治る。

よ……良かったぁ……！

もしお父様が魔物の傷が原因で死んでしまったり寝たきりになってしまったりしたら、どうしようかと思った。

せっかく家族になったんだもん。もっともっとお父様と一緒にいたい。

そりゃあもちろん、私の最愛の推《お》しはセリオスお兄様で唯一無二《ゆいいつむに》の存在だけど、お父様だって私の大切な家族なんだから、喪いたくない。

お守りを作って良かったー！

（聖剣さん、モコ、ありがとう！）

感謝の気持ちをこめると、聖剣とモコから「どういたしまして」という返事が伝わってくる。

ありがとう。

ありがとう、本当に！

そして私はまだ出血が止まらないらしいお父様の様子を見る。

背が低いから、どんな状態なのかよく分からない。さっきはチラっと見ただけだったし。

お守りが効いたんだよね。だったら……。

私はお兄様にあげようと、数時間で作ったお守り第二弾をポケットから出す。

漢字は難しかったので、「ケンコウ」ってカタカナで刺繍してあるけど、これで効かないかな。

苦しそうなお父様の側に寄って、背伸《せの》びしてお守りをペタッと背中に載せる。

ギリギリで手が届いた。

良かったー！

私からはお父様の背中は見えないけど、血が止まってるといいなぁ。

「坊《ぼっ》ちゃま！　血が止まりました！」

「なんだって！」

お父様に仕えている執事長のセバスが、驚いたようにお兄様を呼ぶ。

最近は「セリオス様」って呼んでるのに「坊ちゃま」呼びになるくらい慌ててるみたい。

お兄様はお父様の容態を見ると、安堵《あんど》した表情を浮かべてから、すぐに険しい顔になった。

そして周りにいる使用人たちを見回す。

「ここにいる者は、決してこのことを口外してはならない。もし口外したことが分かれば、一族郎党《ろうとう》処分するから、そのつもりでいろ」

えっ、えっ。

なんだかお兄様がいきなりすさぶっていらっしゃる。

ここはお父様が治って良かったなって喜ぶところじゃないの？

一体何が起こったの？


小説には出てこなかった設定だけど、この世界には「聖女」がいるらしい。

基本的に怪我や病気を治すのは回復術師の役割だ。学園で回復魔法に適性のあった者が就《つ》く職業で、報酬《ほうしゅう》も良いから人気なのだとか。

ただ回復術師に治療を頼めないほど貧しい人たちは、前世で言う民間医療《いりょう》に近い治療をする医師のお世話になる。

そして魔物などに傷つけられた瘴気を伴《ともな》う怪我は、修行《しゅぎょう》を積んだ神官にしか治せない。

だが怪我も病気も瘴気も癒せる存在がいる。

それが「聖女」だ。

「でもそれがどうしたんですか？」

だいぶ顔色の良くなったお父様が眠っているベッドの横で、私はお兄様に膝《ひざ》抱っこされながら話を聞いていた。

膝抱っこ！

聖剣とモコがいなかったら、危なく虹の橋を渡るところだった。

危ない……。

「レティがお守りをくれただろう？」

「役に立ちましたか？」

お父様の怪我にも効いたんだから、何か効力があったのかな。

そうだったら、とても嬉しい。

「王都を出て街道《かいどう》に出るとすぐに灰色オオカミの襲撃を受けた。本来ならもっと王都から離《はな》れた場所をなわばりにしていて、普段は群れからはぐれた個体が稀《まれ》に街道沿いに現れるくらいだ。多少腕《うで》の立つ冒険者《ぼうけんしゃ》であれば、一人でも討伐《とうばつ》に苦労することはない。ローゼンベルクの騎士団であれば、何の危険もないはずだった」

灰色オオカミって、確か小説にも出てきたはず。

主人公のアベルが学園に入って最初の魔物討伐の実地訓練で、灰色オオカミと対峙《たいじ》して倒《たお》したというエピソードがあったはず。

学年の違うお兄様とは別パーティーだったから、流し読みして詳《くわ》しくは覚えてないけど。

「だがなぜか灰色オオカミの群れに襲われたんだ。しかも馬車の扉《とびら》が開いて、そこから……」

そう言ってお兄様は言いよどむ。

見上げると、まるで涙をこらえているような顔をしていた。

私はもぞもぞと体の位置をずらして、正面からお兄様に抱き着く。

お兄様は私をぎゅっと抱き返して、私の耳元でくぐもった声を出す。

「僕の護衛のヴァンスが斬《き》りかかってきた」

えっ、ヴァンスってあの、優しそうな護衛の人？

それを聞いて、私はハッとした。

お兄様の心が凍る原因の一つ、信頼していた使用人の裏切りって、これだったんだ……。

でも、なんで？

怪しいところなんて何もなかったし、代々我が家に仕えてくれる騎士の一家だったはずだよ。

「どうしてヴァンスがそんなことを……？」

「それは分からない。僕に斬りかかってきたヴァンスは、結界のような物にはじかれて一度体勢を崩した。その時に父上が僕に覆いかぶさってこんな怪我を……」

ああ、お父様の怪我は灰色オオカミに傷つけられたものじゃなくて、ヴァンスだったんだ。

だから瘴気のない怪我だったのね。

「ヴァンスは父の護衛によって斬り伏《ふ》せられた。ヴァンスがなぜこんなことをしたのかは、これから捜査が始まるだろう」

お兄様の話からは、ヴァンスが生きているのか死んでいるのかは分からない。

どちらにしても、主の命を奪《うば》おうとしたのだ。生きていたとしても、死罪になるだろう。

「問題は、僕を助けた結界だ。考えられるのは、レティが作ってくれたお守りしかない。そして父上の怪我も癒してしまった。これは『聖女』の力だと思う」

それはつまり、私が聖女ってこと？

えー、それはないない。

第一、私は万民《ばんみん》を救う聖女になんかなりたくないもん。

救いたいのはただ一人、ラスボスになってしまうお兄様だけ。

「だが聖女になれば神殿《しんでん》に行かなくてはならなくなる」

「嫌です」

顔を上げて思わず即答してしまった。

だって神殿に行くってことは、もうお兄様の顔を見られなくなるってことだもの。

「本当ならば、レティは神殿に行くべきなのだと思う。でもレティは魔力過多が完治しているわけではないから、神殿に行けばすぐに倒れてしまうだろう。そんな所へレティをやりたくはない。この考えには父上も賛同してくれるはずだ」

「私も行きたくない」

お兄様にしがみつく私を、お兄様も強く抱きしめてくれる。

「幸い、レティのお守りの効力は、まだここにいる者たちしか知らない。だから隠《かく》し通そうと思えば隠せるだろう。もう二度とお守りを作らないと約束してくれれば――」

「それは嫌」

お兄様の願いでも、それは聞けない。

「だってまたお兄様やお父様が大変な目に遭《あ》うかもしれないんだもの。私の大好きな人たちを守るための力になるなら、私はもっとたくさんのお守りを作る」

直接治すとか、そういうのでなければ目立たないと思うし……。

だって確実にこの家を狙う誰かがいるんだもの。

ヴァンスをそそのかして裏切らせた人がどこかにいる。

誰だろう。

敵対する家のどれかだろうか？

私は見えない敵の存在に、体を震わせるしかなかった。

◇　◇　◇　◇

幸いお父様の怪我は、しばらくベッドの住人になれば治りそうでホッと安心した。

ただ屋敷の中に裏切者がいたので、全体的に雰囲気《ふんいき》がピリピリしている。

私はモコに頼んで屋敷の中に怪しい人がいないかどうか見回ってもらった。その間にせっせと新しいお守りの製作に励《はげ》む。

もちろん「守護」のお守りだ。

文字を刺繍することで増えすぎる魔力がちょうど良い感じに放出されるらしく、お守りを作り始めてからすこぶる調子が良い。

なかなか「護」という漢字が難しくて上手に縫えないのだが、お兄様とお父様の安全のためには、指に針を刺しまくってもがんばるしかない。

そしてもう一つ。

玄関《げんかん》に「敵は外」と書いたお守りをぶら下げてみた。

正直、効果があるかどうか分からなかったし「敵」っていう文字も難しくて泣きたくなったけど、これが案外効いた。

玄関から中に入れないということはないんだけど、何か引っかかりを覚えるみたいで一《いっ》瞬《しゅん》足を止めるのだ。

使用人たちは裏口を使うから、そこにリースのように飾ったお守りをかけておいたら、何人かがそこで立ち止まった。

彼らの名前はチェックされて、信頼できる使用人にその行動を見張ってもらう。

もちろんミランダも引っかかった。

そして何人かは、お父様の弟、つまり私の叔父《おじ》のところへ報告に行っていた。

「叔父様なんていたんだ……」

一度も会ったことがないし、原作にも出てこなかったからびっくりしていると、お兄様は「縁を切っているからね」と何でもないことのように言った。

私はやっと起き上がれるようになったお父様にねだられて、剥《む》いたリンゴを食べさせてあげている。

まだちょっと背中がひきつるから、上手にフォークを持てないんだって。

本当かなぁ？

これじゃあ、どっちが子供か分からない。

でもお兄様に良く似た顔でねだられると、つい頷《うなず》いちゃうのよね。

後で部屋に来たお兄様が呆《あき》れていたけど。

「どうして叔父様《おじさま》と縁を切ったの？」

私に教えてもらえるかな、と思いつつお父様を見る。

お父様はあまり言いたくなさそうだったけど、重い口を開いた。

「元々素行に問題があったんだが、エミリアに横恋慕《よこれんぼ》をしたから縁を切った」

どうも叔父は公爵家の次男として放蕩《ほうとう》の限りを尽《つ》くしていたらしい。そして亡《な》くなったお母様に手を出そうとして、お父様の逆鱗《げきりん》に触れてしまった。

「ちょうど伯爵家《はくしゃくけ》のご令嬢《れいじょう》との間に子ができたというので伯爵家に婿入《むこい》りさせたが、そのことで私を恨んでいるのだろう」

あー、そりゃあねぇ。

公爵家から伯爵家だと、かなり爵位が落ちるもんね……。

この国の爵位は、公爵、侯爵《こうしゃく》、辺境伯、伯爵、子爵、男爵、騎士爵の七つに分かれている。

騎士爵だけは功績を上げた当人だけに与えられた爵位で子供には受け継《つ》がれないが、基本的に爵位と財産は嫡子《ちゃくし》がすべて引き継ぐ。

次子以降は、当主の手伝いをするか、文官や騎士になって稼《かせ》ぐというのが一般的《いっぱんてき》だ。

女性の場合は、直系に男子がいない場合だけ、婿《むこ》を取って爵位を継ぐことができる。それ以外はお嫁《よめ》に行くのが普通だ。

叔父は文官になるのも嫌、騎士になるのも嫌、聖職者になるのも嫌、という感じで、家族も扱いに困っていたんだそうだ。

ただ叔父の祖母、つまり亡くなったひいおばあちゃんが、叔父を可愛がっていて素行の悪さが直らなかったらしい。

あれかな、出来の悪い子ほど可愛いってやつかな。

あと顔が良かったらしい。

お父様はお兄様をちょっとヘタレにしたような美形だけど、叔父はもっと甘い美貌《びぼう》で、しかも甘え上手だったのだとか。

あぁ、いるよね、そういう人。

そんな感じで好き勝手してた叔父だけど、さすがに伯爵家の跡取《あとと》り娘《むすめ》に子供ができた時は年貢《ねんぐ》の納め時だと誰《だれ》もが思った。

だが、そこで叔父はなぜか、自分は伯爵家の器ではない、公爵家の当主にふさわしいと思ったらしく、何を思ったか既《すで》にお父様と結婚していたお母様に言い寄った。

まだお兄様も生まれていない時で、うまく誘惑に乗れば後継者が生まれたとしても自分の子になる。そこから家を乗っ取ればいいと思ったらしい。

顔は良くても、頭はあんまり良くなかったんだね。

もちろんお父様を愛しているお母様は叔父をはねつけ、叔父は伯爵家に婿入りし、ローゼンベルク公爵家には出入り禁止になった。

「それって、逆恨《さかうら》みって言いませんか？」

「その通りだね」

思わず感想を言うと、お兄様が同意してくれた。

ですよねー。

「ただ弟だけでこんな計画を立てられたとは思えないんだ」

お父様の言葉に、お兄様が付け加える。

「今までも不満はあったにせよ、直接の行動を取ることはありませんでしたからね。なぜこのタイミングなのか……」

そう言ってお兄様は私を見た。

え、何ですか？

お兄様の素敵《すてき》な顔をずっと見ていていいってことですか？

扉の上につけたお守りによって、我が家を訪れた人が敵か味方か判別できるようになりました。

でも私のお守りのおかげって言っちゃうと、うっかり聖女認定《にんてい》されて教会へ連れて行かれちゃうかもしれないんで、成長したモコのおかげってことになった。

白い綿ぼこりのようだったモコは、私の魔力を吸ってすくすくと成長し、今では小型犬くらいの大きさになっている。

白バージョンのまっくろくろたろうから、小さなトロロに変身したようなイメージだろうか。

モコは元々「毛玉」と呼ばれている精霊《せいれい》の一種で、こんなに大きく育った個体はいないので、モコの不思議な力のせいにすれば問題ないという判断らしい。

なんとも大雑把《おおざっぱ》だけど、お守りの文字を刺繍した糸はモコの毛だから、間違っていないといえば間違っていないもんね。

最近は部屋のお掃除《そうじ》をするメイドさんたちの間で、モコの抜《ぬ》け毛を探すのが流行《はや》っているらしい。

いや、モコは犬猫《いぬねこ》じゃないから抜け毛なんてないよ……。

と、思ってたら、ありました。

刺繍に使ってる毛みたいな特殊《とくしゅ》な効果は持たないみたいだけど、メイドさんたちはお守りとして巾着に入れて大切にしてるんだとか。

あれって、ただ単にモコが気に入ったメイドさんにあげてるだけな気がするなぁ。

だって抜け毛持ってるメイドさんって、モコをもふもふしてたり、そっとお菓子をあげてたりする人たちだもん。

いつの間にか、モコはローゼンベルク家皆のペットになってました。

でもそのおかげで屋敷内《やしきない》を偵察《ていさつ》できたわけだから、モコには感謝しかない。

そしてさらにお守り効果で守護神扱いになった。

「もしかしたら毛玉狩《が》りが流行るかもしれないけど、ドラゴンの巣にしか生息してない希少な生き物だから捕《つか》まえるのは難しいだろうね。それに、普通はいつの間にか小さくなって消えてしまうらしいよ」

お茶を飲む所作だけでも美しいセリオスお兄様に見とれていた私は、「小さくなって消えてしまう」という不穏《ふおん》な言葉の響きに驚いた。

「消えちゃうんですか？」

思わず膝の上でふわふわしているモコを撫《な》でてしまう。

モコはこうして撫でられるのが好きみたいで、気持ちいい、っていうモコの感情が手の平から伝わってくる。

もしモコが消えちゃったらどうしよう、って思ったら「だいじょうぶだよ。消えないから」っていうモコの声が心の中に聞こえてきた。

モコは普段あんまりお喋りをしないんだけど、こういう時はちゃんと気持ちを伝えてくれる。

「モコの成長を見ると、魔力を吸収して大きくなるみたいだから、消えてしまう場合は魔力が足りなかったのかもしれないね。レティの魔力暴走のことも考えると、毛玉さえあればもしかしたら魔力過多による暴走は完全に抑えられるのかもしれない」

お兄様の言葉に、私はうーんと考える。

「小さいうちは大丈夫でも、大きくなったら無理かもしれない」

私も聖剣の助けがなかったら、ここまで大きくなれてなかったと思うもの。

やっぱり聖剣のある黄金のリコリスが咲《さ》く場所に行って特効薬を作るしかない。

でも予想ではミランダの故郷にあるんだよね。

ミランダは敵味方判別お守りにはじかれてローゼンベルク家には入れなくなっちゃってる。

お兄様はミランダみたいに分かりやすい敵は、わざと屋敷内に入れて様子を見ることにするって言ってるから、そのうちまた戻ってくるんだろうけど、さすがにその領地に行くのは無理かなぁ。

私の療養で行くってことにしようと思ったけど、お父様とお兄様が襲撃された直後でその案は実現不可能になっちゃったし。

困ったなぁ。

「じゃあお前また倒れるのか?」

そう口を挟《はさ》んできたのは、いきなりやってきた王子様だ。

お兄様の親友と私の友達を自称《じしょう》しているのでお見舞《みま》いと称して前触《まえぶ》れもなく訪れた。

私の誕生日パーティーの時のように護衛を撒《ま》いてきたわけじゃないのは良いけど、来るなら来るで連絡《れんらく》くらいしてよね、って思う。

一応王族というか王太子なんだから、警護とか色々あるでしょうに……。

お兄様はおもしろそうに敵味方判別扉をくぐらせてみたけど、あっさりくぐり抜けたので、ちょっと拍子抜《ひょうしぬ》けしたみたいだった。

うん。あの時のお兄様、カッコ可愛かった。

あの表情が見れただけで、エルヴィンのアポなし訪問を許そうって気になれた。

「そうかも？」

首を傾《かし》げながら言うと、エルヴィンは焦《あせ》ったように身を乗り出した。

「何か対策はないのか？」

えー。もしかして王子様なのに魔力過多のこと知らないの？

王族なんて元々の魔力が多いから、魔力過多の子供が生まれる確率が高そうなのに。

なんていうか見かけは抜群《ばつぐん》に良いんだけど、この王子様、中身が結構ポンコツなんだよね。

俺様気質《おれさまきしつ》は、初めて会った時に比べたらかなり良くなってきたけど、基礎的《きそてき》な知識が欠落してることがあるというか……。

ちゃんとお勉強してるのかなぁ。

説明するのはめんどくさいなと思ってたら、代わりにお兄様が説明をしてくれた。

ああっ。お兄様の手を煩《わずら》わせてしまってごめんなさい。

「そうか……。魔力過多の子供は長生きできないのか……」

お兄様の説明を聞いたエルヴィンは、痛ましそうに私を見た。

いいや、そんな顔されても、私はお兄様をラスボスにしない為に生き延びる予定ですから、まったく何の心配もありません。

「もちろん病気の完治を目指して特効薬の開発を研究しているんだけどね。そういえばレティの誕生日に持ってきてくれたしおりの花は初めて見たんだけど、珍しい花なのかい？」

「あれか？　義母上《ははうえ》が大切に育てていらっしゃるからそうなのかもしれない」

「もし良ければ一株分けてもらえないだろうか。特効薬を作るために色んな材料で研究してみたいんだ」

「お、おお。もちろんいいぞ」

滅多《めった》にないセリオスお兄様のお願いに、エルヴィンは俺に任せろとばかりに胸を叩《たた》いた。

黄金のリコリスじゃないけど、でもずっと小説のモチーフになってたリコリスの花にはきっと何かあるはず。

そう思ってあらかじめお兄様には、モコから聞いたってごまかしてそのことを伝えておいたんだけど、まさかこんなタイミングで話題に出すとは。

さすがお兄様。

やったー！

これでリコリスの花、ゲットだー！

◇　◇　◇　◇　◇

やってきましたリコリスの花。

魔力過多の特効薬になる黄金のリコリスじゃないけど、少しでも症状を軽くできる薬ができればいいなぁと期待してる。

それにお父様に投与《とうよ》されていた薬もこの葉が成分だった筈《はず》なので、そちらも並行《へいこう》して分《ぶん》析《せき》できるはず。一石二鳥だ。

聖剣《せいけん》から、リコリスの花は土を変えると枯《か》れやすいって聞いていたので、『保存』のお守りを貼《は》りつけた植木鉢《うえきばち》で栽培している。

今のところは枯れる様子もなく、綺麗《きれい》な花を咲かせている。

一株でいくつかの花を咲かせるので、研究にも良さそうだ。

ロバート先生はやる気に満ちているので、すぐに薬を完成させるのは無理かもしれないけど、どうかがんばって頂きたい。

ただ魔力過多に関しては、黄金のリコリスをゲットするのが一番であるのは確かなんだよね。
ミランダの故郷かぁ。
うーん。
行くにしても、私がもうちょっと大きくならないとダメだよね。
早く大きくなりたい……。
(聖剣さん、勇者はまだ現れない?)
『うむ』
ってことは、魔王復活もまだかー。
それはちょっと安心。
お父様の怪我もほぼ治ってきたから、そっちも安心だし。
魔王が現れるまで、のんびりできそうかも。
なんて思ってたら、いきなり教会から敵味方判別扉についての問い合わせが来た。
特定の人物を排除《はいじょ》する呪《のろ》いではないかと疑われたのだ。
「お兄様、どうしましょう」
「レティは何も悪いことをしていないのだから、胸を張っておいで」
セリオスお兄様はそう言うけど、でも心配です……。

この世界でも教会はとても力を持っている。

魔物《まもの》につけられた傷から広がる瘴気《しょうき》を治せるのが神官だけなので、当然だろう。

魔物はその強さによって瘴気の濃さが違う。

弱い魔物であれば、かすり傷くらいなら、瘴気はそのまま消えてしまう。

でも強い魔物の場合は、かすり傷でも放っておくとそこから瘴気が広がっていき、全身が真っ黒になって、やがて苦しみながら死んでしまうのだ。

小説『グランアヴェール』でも、勇者が村に戻ったら魔物に襲われていて、村人たちが苦しみながら死んでしまうのを見て、魔王への復讐《ふくしゅう》を誓《ちか》うんだよね。

そんなことを考えているうちに、突然先触れも寄越さずに教会からの使者がやってきた。

普通、公爵家を訪問する際は、あらかじめ何日に行きます、と先触れを寄越す。

なのに王太子といい教会といい、アポなし訪問が多すぎではないだろうか。

しかも我が家はまだお父様が完全には回復していなくて、ちゃんとした応対はできない。

でも、訪問者は強引《ごういん》だった。

嫡男のお兄様がいれば問題ないと、押しかけてきたのだ。

心配になった私がお兄様にくっついて玄関に行くと、そこには護衛らしき人を二人従えた聖職者らしき人が待っていた。

紅茶色の髪に笑っているような細い糸目。目の色は茶色で、年齢は三十前後といったところだろうか。

でも目の奥は笑っていなくて、怖《こわ》くなった私は思わずお兄様の後ろに隠れてしまった。

「初めまして、ローゼンベルクのご子息とご息女。私は異端審問会《いたんしんもん》のレブラント枢機卿《すうききょう》と申します」

よりによって、異端審問会!?

異端審問会というのは、呪詛《じゅそ》の魔法を使う魔女を見つける為の組織だ。

魔女と認定されると、魔法を使えなくする為に、魔封《まふう》じの首輪をつけられてしまう。

つまり、魔力を放出できなくなるということで……。

ちょっと待って。

それってサヨナラしたはずの、私の死亡フラグなのでは!?

「初めまして枢機卿。私はセリオス・ローゼンベルクです。こちらは妹のレティシア・ローゼンベルク」

「初めまして……」

とりあえず挨拶《あいさつ》はしなくちゃと思って、お兄様の後ろから挨拶をする。

マナーがなってないけど、一応五歳だからね！

こんな失礼な態度でも、さすがに向こうも怒《おこ》れない。

「あなたがレティシア嬢ですか」

「ぴえっ」

レブラント枢機卿がしゃがんで私の顔の前にやってきたので、思わず変な声が出た。

は、恥《は》ずかしい……。

「妹をご存じで？」

お兄様の声が一瞬低くなった。

私に向けられていないのであれば、そういう声も素敵です。

「魔力過多を患《わずら》っているとお聞きしたが、そう見えないほどお元気でいらっしゃる」

私が何と答えていいか分からずに黙っていると、お兄様が代わりに答えてくれた。

「毛玉のおかげです」

「毛玉……？」

「ええ。ご存じありませんか？　ドラゴンの巣にいる毛玉ですよ」

「ああ。……しかし、あれは……」

思案するような枢機卿は、私の後ろを見てギョッとしたような顔をした。

私も振《ふ》り返ってみると、大きな毛玉が転がってくる。

「モコ」

モコが、ぽよーんと私にぶつかってきたので、慌《あわ》ててキャッチする。

もふんとした毛は、今日も侍女《じじょ》さんたちによって艶々《つやつや》になっている。

「……それは何ですか？」

「モコです」

私が答えると、枢機卿は何とも言えないような微妙《びみょう》な表情を浮かべる。

「まさかとは思いますが、毛玉が育ったのですか？」

「大きくなりました！」

にっこり笑ってモコを両手で掲《かか》げて見せてあげると、枢機卿はますます変な顔になる。

そして助けを求めるかのようにお兄様へ視線を向けた。

お兄様は少し笑うのを我慢《がまん》してるみたいで、肩《かた》が震えている。

そんな姿もかっこいいのは、けしからんと思います。

「毛玉は精霊の一種だと考えられてきましたが、どうやら本当だったようです。実はこのモコの毛を使って護符《ごふ》のような物を作ってみたところ、当家に悪意を持つ者は、一歩たりともこの扉をくぐれなくなったのです」

そしてお兄様は、自分よりもはるかに年上の枢機卿に挑《いど》むような目を向けた。

「つまり、呪いなどではなく、精霊による祝福が我がローゼンベルク家を守っているのです」

この世界における精霊とは、伝説の存在で、いるのかいないのか分からないけど、神秘的で神様の遣《つか》いみたいなもの、という立ち位置にある。

今までも魔王討伐の際に勇者を助けたっていう伝説があるので、教会としても精霊を「善なる存在」と認識している。

「その証拠《しょうこ》に」

と、お兄様は意味ありげに枢機卿を見た。

悪そうなお兄様の顔も、滅多に見れないから貴重かも。

心のアルバムにしっかり残しておかなくちゃ。

「当主である父が臥《ふ》せって代理である私と幼い妹しかいない当家に、連絡もなく突然訪れるという暴挙をなさっても我が家の門をくぐれたのは、卿が神のしもべであるからでしょう。精霊は同じ神の使徒として、枢機卿を拒《こば》むことができなかったのではないでしょうか」

痛烈《つうれつ》な当てこすりである。

でも本当にいくら教会の偉《えら》い人だからって言っても、アポなしで突然来るのはマナー違反だと思うんだよね。

ただ異端審問会っていうのは狂信者《きょうしんしゃ》の集まりみたいなものだから、もし魔女がいたら隔《かく》離《り》しなくちゃって急いで来たんだろうなぁ。

それにしても敵味方判別扉が作動しなくて良かった。

どういう基準で敵と味方を区別しているのか分からないけど、多分その人が「私たち家族に危害を加えようと思っているかどうか」で排除されているのかもしれない。

枢機卿は、もし私が魔女だったら捕《と》らえようと思ってやってきたわけだけど、最初から魔女だと決めつけてはいなかったから、扉をくぐることができたんじゃないかな。

「別に私は令嬢に危害を加えようと思っているわけではありません」

「でも魔力過多の子供に魔封じの首輪をつけるというのは、死ねと言うのと同じですよね」

「魔女でないのであれば、そのようなことにはなりませんとも」

細い目を更に細くした枢機卿が笑みのような表情を浮かべる。

でもなんていうか、笑ってる雰囲気が伝わってこなくて、怖い。

私は思わずお兄様の服の袖《そで》を握《にぎ》った。

するとお兄様は、大丈夫だよとでも言うように軽く頷く。

「お疑いなら、このお守りを持ち帰って研究なさったらいかがです?」

お兄様の言葉に枢機卿は目を見開く。

茶色い目の中に涼《すず》しい顔をしているお兄様の姿が映った。

「なんと、これを貸して頂けると？」

お兄様はずっと後ろで控《ひか》えていた執事長《しつじちょう》のセバスに命じて、扉の上にぶら下げてあるお守りをはずすと、そのまま枢機卿に渡した。

「どうぞ、お持ちください」

お守りを受け取った枢機卿は、袋の中の札を見て動きを止める。

敵は外、って書いてあるけど、漢字だから読めないみたい。

「この文様は一体……？」

一瞬で警戒《けいかい》した表情になった枢機卿が、鋭い視線を向けてくる。

なんと答えたらいいか分からず、私はお兄様を見上げた。

するとお兄様が私の代わりに答えてくれた。

「夢で見たのだそうです」

「夢ですと？」

「はい」

「でもそれは魔の誘惑ではないのですか？」

魔物の中には夢の中に入ってきて人を惑《まど》わす「夢魔《むま》」というのがいると考えられている。

聖剣いわく、そんな魔物はいないみたいだけど。

基本的に魔物は物理攻撃《こうげき》しかしてこない。

ドラゴン……は火を吐《は》いたりするけど、あれは魔法攻撃なんだろうか。

「いいえ。お兄様の無事を願う私の心に、神様が応えてくれたんです。その証拠に悪い人が来れなくなったんですもの」

そう。

そもそも私がこの世界に転生したのも、セリオス・ローゼンベルクという至高の推《お》しを幸せにしてあげるため。

この転生に神様が関わってないはずはないから、いずれかの神様も私と同じくお兄様を推してるはず。

つまり同担——同じ推しを応援《おうえん》するファン仲間ということ！

どの神様か分からないけれど、これからもセリオスお兄様の幸せを祈《いの》りつつ、一緒に推していきましょうね！

突然のレブラント枢機卿の訪問には驚いたけど、とりあえずお守りを研究材料として渡して帰ってもらった。

いくら調べても、お守りは呪いではないから、魔女の証明はできない。

呪いって禍々《まがまが》しい魔力を持つらしいけど、そもそも聖剣自体が鍛冶《かじ》神ヘパトスに作られた眷属《けんぞく》みたいなものだから、その聖剣の力を反映させた針で刺繍《ししゅう》したお守りには、呪いじゃなくて神様の祝福が宿ってる。

ひょっとするとモコが神様の遣いとかで祀《まつ》り上げられちゃう可能性もあるけど、それは心配しても仕方ないかな。

ただ、無理やりさらおうと思っても、この屋敷はお守りの効力によって守られてるから、敵は入ってこれない。

つまりここから出ない限り、モコの身は安全なのである。

「でもミランダの故郷には行きたいんだよね」

私の主治医であるロバート先生がエルヴィンの持ってきてくれた白いリコリスを栽培して薬ができないか研究してくれていて、栽培には成功したものの、まだこれといった成果がない。

リコリスの花を煎《せん》じて飲めば多少の効果があるのは分かったけど、発作《ほっさ》が起きた時にすぐ用意ができない。

それにリコリスは乾燥《かんそう》させると毒素を持つので、普通の茶葉のように乾燥させた物を保存しておくという手段が取れないのもネックだ。

常に新鮮な花を用意しなくちゃいけないっていうのも、ハードルが高いんだよね。

黄金のリコリスさえ手に入れば特効薬が作れるんだけど、「敵は外」お守りで弾《はじ》かれてしまったミランダの故郷に私が行くというのは現状では厳しい。

「お湯に花を入れて煮詰《につ》めて、その残った液体を瓶《びん》につめておく、とか……」

でも瓶づめした液体って、すぐ腐《くさ》りそう。

腐らなくするには保存料とかが必要だけど、そんな物は存在しないし。

じゃあ抗菌《こうきん》作用が強い物を一緒に入れるっていうのはどうだろう。

そうだなぁ。この世界で手に入りそうなのって何かあるかな。

例えば、蜂蜜《はちみつ》とか。

蜂蜜を入れたらトローって固まって……。

うん？

もしかして飴《あめ》みたいにならないかな。

昔、手作りのハーブキャンディーにハマって自分で作ったことがあるんだけど、濃く淹《い》れたハーブティーに砂糖と蜂蜜を入れて沸騰《ふっとう》させてからレモン汁《じる》を加えて冷やして固めればいいから簡単だった。

それと同じ作り方でリコリスキャンディーが作れるのでは。

「そっか。薬だって考えるから難しいけど、ただ固めるだけなら飴でもいいんだ」

そう思いついた私は、早速《さっそく》侍女のドロシーを連れてロバート先生のいる温室へと向かうことにした。

「モコおいでー」

声をかけると部屋の中でぽわんぽわんと跳ねていたモコが私の腕《うで》の中に飛び込《こ》んでくる。

もふもふして手触《てざわ》りの良いモコをぎゅっとしてから、私はドロシーと手をつないだ。

「モコ、温室に行こう」

五歳の誕生日に温室をプレゼントしてくれたお父様は、エルヴィンからもらったリコリスが魔力過多の薬になるかもしれないと聞いて、その隣《となり》に研究室兼《けん》ロバート先生の住居になる家を建ててくれたのだ。

魔力過多で娘さんを亡くしたロバート先生は、奥様《おくさま》も既に亡くなっていて独り身だった。

そして研究者というのは家族がいないとちゃんとした食生活を送れずに、研究三昧《ざんまい》の日々を過ごすことが多い。

ロバート先生もその一人で、しかも娘を奪《うば》った魔力過多が治るかもしれないということで研究に没頭《ぼっとう》しすぎて倒《たお》れてしまったらしい。

それを知ったお兄様が、研究に専念しても倒れないようにと、お父様にかけあってくれたのだ。

さすがお兄様。研究室だけじゃなくて衣食住も考えるなんて素晴らしい。

食事は、使用人たちと一緒に摂《と》ることもできるけど、食堂が開いてる時間を忘れることが多いからドロシーが運んでいる。

ロバート先生はそんな至《いた》れり尽くせりの待遇《たいぐう》に恐縮《きょうしゅく》してたみたいだけど、お兄様の「恩義を感じるならば魔力過多の特効薬を開発してレティシアを救って欲しい」という言葉に、ここでの生活を決めたのだとか。

はあああああ。

お兄様、大好きですー！

私のためにありがとうございます！

実際に研究室を建ててくれたのはお父様だけど、お兄様のアドバイスがなければ実現しなかったはず。

なんていうか推しに貢《みつ》ぎたいのに貢がれてしまった感が凄《すご》いけど、幸せなので良しとしましょう。

そんなわけで、温室に行けば、とりあえずロバート先生に会えるのだ。

「ロバート先生、いらっしゃいますかー？」

小型犬くらいの大きさになってるモコを抱きしめながら温室に入ると、むわっと花の香りがした。

前世の世界でのリコリスがどんな香りをしているのか知らないけど、この世界では百合《ゆり》をちょっと薄めたような香りがする。

だからずっと温室で研究をしているロバート先生からはいつも百合の香りがする。

「レティシア様、ここですよ」

温室の横には研究室と繋《つな》がるドアがある。

その近くにいた先生はフラスコを手にしながら返事をしてくれた。

茶色い髪と目は柔《やわ》らかい印象で、眼鏡をかけた姿は小説『グランアヴェール』の挿絵《さしえ》で見た、優しい保健室のお兄さんそのものだ。

そのロバート先生は、私の後ろにいるドロシーに気がついて少し目を細めた。

おや？

おやおや？

そっと後ろを振り返ると、なんとなくドロシーの耳が赤い気がする。

これは、もしかして……？

良い感じの二人に内心でニマニマしてしまうけど、こういうのはあんまり茶化《ちゃか》しちゃダメだから、脳内でいつもかっこいいお兄様の姿を思い浮かべて気を逸《そ》らす。

小説に出てくるクールなお兄様も素敵だけど、実際の、一緒にお茶をしている時とかに見せる微笑《ほほえ》みはもっと素敵なのよね。

小説では笑顔の描写《びょうしゃ》がなくて、もちろん挿絵も皆無《かいむ》。アニメ化した時も、一切笑顔を見せなかったお兄様が、唯一《ゆいいつ》微笑みらしきものを浮かべたのは、最期《さいご》に勇者によって倒された時だけだった。

だからファンアートでセリオス様の笑顔を妄想《もうそう》してたんだけど、実物はもっとずっと素敵で、それだけで心臓が止まりそうになる。

魔力過多だから興奮しすぎて本当に心臓が止まりそうになって、お兄様にはたくさん迷《めい》惑《わく》をかけちゃったっけ……。

でもリコリスキャンディーが実現すれば、そんな日々ももしかしたら終わりを告げるかもしれない。

「レティシア様、体調はどうですか？」

「最近は凄く良いです」

モコがレベルアップしてくれてから、軽いのはあるけど大きな発作は起こしていない。

お礼の気持ちをこめて腕の中のモコをモフモフしていると、ロバート先生が目を細める。

「モコもずい分大きくなりましたね」

「そうなんです。手触《てざわ》りも良くなりました」

ほら、と、モコを差し出すと、ロバート先生の大きな手がモコを撫でる。

モコはそうやって撫でられるのが大好きなので、丸い目がトロンとして気持ちよさそうだ。

「確かに艶々ですね。レティシア様の魔力が体質に合っているのでしょう」

ロバート先生の言う通り、ただの毛玉だったモコは、今では最高級の手触りの毛玉に成長した。

しかも他の人には聞こえないけど、私と会話できるようにもなった。

(といってもよっぽどのことがないとお喋《しゃべ》りしないけど)

成長したといってもまだ幼いモコにとって、異種族と意思の疎通《そつう》をするというのはかなり難しいらしい。

もう少し大きくなれば、もっとたくさん喋れるようになると教えてくれたのは、とても長生きしている聖剣だ。

「先生、ちょっと思いついたことがあるんですけど」

満足したらしいモコを受け取った私は、温室に置かれている可愛《かわい》らしい白い椅子《いす》に座った。

ドロシーが慣れた様子でお茶を淹れてくれる。

今日のお茶は私の大好きなアップルティーだ。

「リコリスを煮詰めて砂糖と蜂蜜とレモンを入れたら、キャンディーになるんじゃないかと思うんです」

「キャンディーですか……何とか粉末にしようと考えていたけど、キャンディーにするというのは確かにいいかもしれないですね」

大人だから、なかなか薬を飴みたいな子供のお菓子に混ぜるっていう発想がなかったのかもしれない。

でも咳止《せきど》めとかは飴の方が使いやすいし……って、ああ、そうか。この世界には魔法があるから、薬の需要《じゅよう》ってそんなにないんだ。

子供が病気になっても回復術師にお願いすればすぐ治っちゃうから薬は必要じゃなくて、それで研究が進んでないのかも。

「砂糖と蜂蜜とレモンか……。混ぜても効果が変わらないかどうか確かめてみなくては……」

ぶつぶつと呟《つぶや》くロバート先生は、すぐに「失礼します」と言って研究室の方に去って行った。

私とドロシーはその後ろ姿を見て、思わず笑みを漏《も》らす。

ロバート先生は本当に研究熱心だよね。

それほど亡《な》くした娘《むすめ》さんのことを大事に思ってたんだろうなぁ。

もし私がもっと早くに転生していたら、もしかしたら先生の娘さんも助かったかもしれないのに。

でもそうするとセリオスお兄様の妹にはなれなかったわけで。

そしたらお兄様は、あの笑わない小説のお兄様と同じになっちゃう。

それは絶対に嫌。

全員がハッピーエンドだったらいいのになぁ。

『娘、何を悩《なや》んでおる』

(人生って、中々難しいね……)

『まるで哲学者《てつがくしゃ》のようだな』

聖剣は呆《あき》れたように言うと、静かに語りかけてきた。

『お主はよくやっておる。死すべき定めを跳《は》ね返し、兄を救う。それだけでも良いではないか』

（でも、もっとたくさんの人を救えたかもしれないのに）

きっと魔力過多の病に倒れたのは、ロバート先生の娘さんだけじゃない。

他にももっと大勢いたはず。

『うぬぼれるでない、お主は神ではないのだぞ。神にしても直接運命を捻《ね》じ曲げることはできぬ。だからこそ、お前を喚《よ》んだのであろう』

（神様が私をよんだ……？）

やっぱり神様もセリオスお兄様推しで、お兄様を救うために私をこの世界に転生させたってこと？

足元からじわじわと感動の波が押《お》し寄せる。

神様！

私、神様の思いに応えられるように、これからもがんばります！

『レティシアよ、我の元へ来い。さすれば謎《なぞ》の一端《いったん》を説明することができる』

（今じゃダメなの？）

『我の完全な主ではないゆえな』

（そっか……）

いよいよ私には黄金のリコリスを探すっていう目的以外にも、聖剣のところへ行かなくちゃいけない理由ができた。

ロバート先生がリコリスキャンディーを完成してくれたら行こう。

聖剣の眠る、勇者の村へ。

第六章
リコリスキャンディーの完成

リコリスのエキス入りキャンディー、出来上がりました！

そして蜂蜜とか色々入れても、効能は変わりませんでした。やったね！

実験台は私。

だって魔力過多である程度大きくなってて体力ある子って私くらいだし、一番の理由は、軽い発作をよく起こしちゃうから。

なんといっても、前世から私の推しのお兄様といつも一緒にいますからね。発作を起こす確率はとっても高いのです。

ただし実験といっても、わざわざ発作を起こしたわけじゃなく、お兄様の麗《うるわ》しさにクラクラして発作を起こした時にリコリスキャンディーをなめてみたっていうくらい。

そして結果は……。

じゃじゃーん、ちゃんと効きました！

劇的に、っていうほどではないけど、でも体の中の魔力の増え方が緩《ゆる》やかになっていったから、大成功だと思う。

リコリスが魔力過多の発作に有効だっていうのは証明されたから、これで黄金のリコリスを見つけることができれば、本物の特効薬ができるはず。

問題はどうやって黄金のリコリスがあるはずのミランダの故郷へ行くかだけど……花が咲いている場所をモコが教えてくれたってことでお父様とお兄様を説得しました！

怪我《けが》からも、モコやロバート先生のおかげで盛られていた薬の影響からもすっかり回復したお父様は、ミランダが「敵は外」ドアをくぐれなかったのを知っているので私がミランダの故郷へ行くことを凄く心配していた。

でも、黄金のリコリスがあるところは崖《がけ》沿いってことでおそらくミランダの故郷の端《はし》っこだし、こっそり行けば王都にいるミランダにはバレないと思う。

それに黄金のリコリスが見つかれば、私だけじゃなくて、これから生まれる魔力過多の子供の命が助かるんだもん。

「お父様、お願いします」

「黄金のリコリスという特効薬があるのか。しかし、わざわざレティシアが行かなくても、誰《だれ》かをやれば済む話だろう？」

娘ラブになっているお父様は、ミランダの故郷に行くのを心配しているだけではなく、そもそもまだ小さいのにそんな遠くまで行くのが危険だということでなかなか頷《うなず》いてくれない。

でも私の目的は黄金のリコリスだけじゃなくて聖剣もなんです。私が行かないと本契約できない仕様なんです。

私は必死に説得してお父様の許可を取った。

「モコが花の咲く洞窟《どうくつ》は近くに行かないと分からないって、夢で教えてくれたの」

「モコが？」

名前を呼ばれたのが分かったモコは、テーブルの上に置いていたリコリスキャンディーの包みを押しながら転がしていたのを止めて、私とお父様をじっと見る。

そしてこてりと首を傾《かし》げる代わりに横向きに転がった。

「黄金のリコリスが特効薬だっていうのを教えてくれたのもモコなんだよ」

「モコが行かないとだめなのか。いや、だが、それでモコのいない間にレティに何かあったら取り返しがつかない。かといってレティも一緒に行かせるのは危険すぎる」

心配を隠さないお父様をどうやって説得しようかと悩む。

ただ単に反対するんじゃなくて、私の心配をしてくれてるわけだから、あんまり強く言えないし。

「父上、僕がレティを守りますから安心してください」

お兄様が後ろから私の両肩《りょうかた》に手を置いた。

そのまま上を見ると、アイスブルーの瞳《ひとみ》が優しく私を見下ろしている。

お兄様、今日もとっても素敵《すてき》です。

「セリオスが一緒に行くのかい？」

「もちろん。心配ですから」

「私も一緒に――」

「父上は、お仕事をがんばってくださいね」

お兄様にきっぱり言われたお父様は、ちょっと涙目になっていた。

当初はロバート先生も一緒に行く予定だったけど、私たちが旅に出ている間に研究を進めておきたいってことで、お留守番になった。

普通のリコリスも黄金のリコリスも、『保存』のお守りを使えば枯れずに持って帰ってこれるもんね。

あとなんか、聖剣も『我にまかせよ』とか言ってた。

もったいぶって詳しいことは教えてもらえなかったけど、王都に運ぶのに良い方法があるらしい。

そんなのすぐに教えてくれればいいのにね。聖剣のけちー。

結局、一緒に行くのは、お兄様と護衛の皆様と……なぜか王太子エルヴィンとその護衛としてついてきたイアンだった。

えぇー、待ってよ。

王太子様と一緒に行くなんて、もし何かあったらどうするのよ。

我が家はお取り潰《つぶ》しになっちゃうじゃない。

一応、エルヴィンがやってきた理由は分かった。

なんでも王宮で毒殺未遂《みすい》があって、エルヴィンは無事だったんだけど毒見役が亡くなってしまったそうだ。

背後関係がまだはっきりしないんで、国王陛下からちょっと王宮から離《はな》れるように勧められたらしい。

信頼できるのは敵を屋敷内に入れないように精霊《せいれい》が守ってるローゼンベルク家しかないってことで、我が家に突撃しにきたら旅支度《たびじたく》をしていたので、ちょうどいいからついてくるんだって。

会ったことないけど、王様ちょっと無責任では。

王家のことは、王家で解決して欲しい。

「ローゼンベルク家を守っている精霊さまが一緒なのだろう？　だったら心配はいらないさ」

爽《さわ》やかに笑ってるけど、この家を守ってるのは、本当はモコじゃなくてお守りなんだってば。

もうっ、お兄様、何とか言ってください。

「エルヴィン」

「お、なんだ？」

「僕たちはお忍《しの》びで行くんだ」

「楽しみだな。俺《おれ》は騎士《きし》の格好をしようかな」

軽装のイアンではなく、商人の護衛らしく革の鎧《よろい》を身につけた我が家の護衛騎士の姿を見上げるエルヴィンに、セリオスお兄様はにっこりと笑う。

あ、その裏のなさそうでありそうな笑顔、素敵です。

「仮装じゃないんだから、商人の格好をするよ。僕たちは裕福《ゆうふく》な商人の兄妹《きょうだい》で、君も一緒に行くなら、その使用人だ」

「王太子の俺が使用人……？　俺が主人でお前たちが使用人じゃダメなのか？」

不服そうなエルヴィンをお兄様はばっさりと切って捨てる。

「レティに使用人の真似《まね》なんてさせられないだろう。それとも何か？　お前はレティを小間使いにしてこき使いたいとでも言うのか？」

お兄様から冷たいオーラがにじみ出る。

実際に氷属性のお兄様は、ちょっと魔力を放出すると周囲を冷たくしてしまうのだ。

そこがまたいいんだけど。

お兄様の怒《いか》りと共に周囲が白く凍《こお》っていくなんて、凄く絵になるもんね。

あ、なんかエルヴィンの頬《ほお》にちょっと霜《しも》がついちゃってる。

さすがに王太子を氷漬《こおりづ》けはダメ……かな。

「エル様も、たまには使われる側の気持ちを知った方がいいと思います。良い王様になるための修行だと思ってがんばってみたらどうでしょう？」

お兄様の後ろからひょこっと顔を出してそう言うと、エルヴィンは「本当に五歳か……？」と呟きながら私を見た。

……すみません。前世の分を入れるとかなりサバを読んでます……。

「レティは賢いからね。それに精霊の加護を受けてるんだ。特別なのは当然だろう」

頭をなでながらそう言ってくれるお兄様、大好きです！

本物の天才というのは、私のように前世の記憶《きおく》があるわけでもないにもかかわらず、今の私と同じような五歳児だったお兄様です。

そのおかげで、私は屋敷内でも普通に受け入れられたんだもん。

あれ、でもそうすると、五歳の頃のお兄様って周りに理解されなくて大変だったのでは
……。

ああああ。

私がその頃に生まれていれば……。

そしたら最大の理解者になってあげられたのに。

「違いますよ、私はお兄様に似たんです」

そう言うと、お兄様はちょっとアイスブルーの目を見開いて。

そして心に残るような素敵な微笑みを浮かべた。

至福……。

あ、でも発作が……。

私は慌ててリコリスキャンディーを口に入れた。

ぱっくん、もごもご。

飴をなめると、リコリスの成分がすうっと体の中に溶けこんで、どこまでも膨《ふく》らんでいこうとする魔力が収まって行くのが分かる。

お兄様が心配そうに私を見てるけど、キャンディーの効果はもう分かってるので、心配しながらも見守ってくれている。

お兄様、そのちょっと憂《うれ》いのある顔も素敵です。

「何を食べたんだ？」

エルヴィンが私の口元を見て不思議そうな顔をする。

私がいきなり胸を押さえて飴を食べ始めたのが不思議だったんだろう。

「魔力過多の発作を和《やわ》らげてくれる飴です」

「へえ、おいしいのか？」

私は食べたそうにしているエルヴィンに、しっかりと釘《くぎ》を刺す。

だって……。

「魔力を抑える効果があるので、エル様が食べると魔法が使えなくなっちゃいますよ」

そうなんだよねぇ。

魔力過多って、つまり体の中の魔力が一度に増えすぎて自分にダメージを与えちゃう病気で、リコリスはそれを抑える効果を持つ。

だからもし魔力の少ない人が食べたら魔力欠乏症《けつぼうしょう》になっちゃうし、普通の魔力の人もしばらくは魔法が使えなくなる。

エルヴィンは王族だから他の人よりも魔力が多い方ではあるけど、小説でラスボスになっちゃうくらい強かったお兄様ですら、試《ため》しにリコリスを煎じたお茶を飲んだら一瞬《いっしゅん》魔力が使えなくなったくらいだから、その効果はかなり絶大だ。

そしてそれこそが、リコリスの性能をまだおおっぴらに公開できない理由でもある。

だってさ、魔力を無力化しちゃうんだよ……？

もし騙《だま》されてリコリスを摂取した直後に襲《おそ》われたら、なんの抵抗《ていこう》もできずにやられちゃうもの。

百合を薄めたような独特の香りがあるからそれに注意すればいいけど、周知するには時間がかかる。

その間に薬としてではなく毒として使われたら、それこそリコリスは悪い植物だってイメージが先行してしまって、積極的に栽培できなくなってしまうだろう。

その問題をどうするかで、ロバート先生とお父様は悩んでいるらしい。

小説では「特効薬見つかった、わーい。これで皆助かるね」で終わったけど、現実には薬として出そうと思ってもクリアしなくちゃいけないことが山積みになってる。

早く薬として出せれば、たくさんの人が助かるのにな。

「そうなのか？」

「やめておいた方がいいでしょうね」

お兄様に確認したエルヴィンは、がっくりと肩を落とした。

そんなに飴が食べたかったの？

まあ、まだ十一歳だから子供といえば子供だしね。

「これをどうぞ」

そう言って私は、エルヴィンにキャラメルをあげた。

砂糖と牛乳とバターだけで作れるお菓子は、この世界でも一般的だ。我が家の料理長の作ってくれたキャラメルは、特においしい。

すぐ溶けちゃうから気をつけないといけないけど、魔石を利用した冷蔵室があるから、いつでも好きな時に食べられる。

さすが公爵家《こうしゃくけ》！

「おお、キャラメルか！」

「殿下《でんか》、私が先に頂きます」

「この屋敷内には敵が入ってこれないのだから心配ない」

大人の護衛の後ろに控えてたイアンが慌《あわ》てて前に出てくるけど、エルヴィンは気にせずそのままキャラメルを口に入れた。

「うまいな。久しぶりの甘味《かんみ》だ」

なんだかとっても嬉《うれ》しそう。

そういえば毒殺未遂事件があったって言ってたっけ。

毒が入れられていたのはお菓子で、犯人のパティシエは捕《つか》まったんだけど背後関係がまだはっきりと分からないせいで、ここしばらくはお菓子が食べられなかったんだって。

エルヴィンってそんなに甘党《あまとう》なんだ、と感心してた私に、イアンがこっそり教えてくれた。

それにしても王宮で王太子が毒殺未遂に遭《あ》うって……それって、ちゃんと王宮の警備ができてないってことじゃない？

大丈夫なのかな。「敵は外」のお守りをエルヴィンにもあげた方がいいのかな。

王位継承者《けいしょうしゃ》だから命を狙《ねら》われてるんだろうけど、一体誰が犯人なんだろう。

でも一般的に最も動機がありそうな継母《ままはは》にあたる王妃《おうひ》は、実の娘以上にエルヴィンを可愛がってるしなぁ。

この国の王位継承権は基本的に男子が優先的に継承するから、亡くなった王の三親等以内に男子がいない場合のみ、直系の女子が継承するっていう決まりになってる。

貴族はもうちょっと緩くて、直系の男子が生まれなかった場合は女子が継承権を持つんだけどね。

今の王家には子供が二人。

エルヴィンと、小説のヒロインであるフィオーナ姫《ひめ》だ。

でも確か、エルヴィンには従兄《いとこ》もいたはずだから、現時点でエルヴィンに何かあったらそっちに王位がいくはず。

あれ？

でも小説ではフィオーナ姫が女王になってたはず。

それかもしかして、エルヴィンの従兄は小説の終わりにはもう生きてないってこと？

魔《ま》王軍《おうぐん》に殺されちゃったとか……。

まさかエルヴィンが狙われたように、毒殺されたなんてこと、ないよね!?

小説の中ではただの脳筋王子様に見えたエルヴィンだけど、実は王家のドロドロに巻き込まれて大変だったのかもしれない。

「このキャラメルはおいしいな！　もっとくれ」

邪気《じゃき》のない笑顔でエルヴィンが手を出す。

……いや、もしかしたら、大変だったけどエルヴィンはそれにまったく気がついてなかったただけかも。

キャラメルのおかわりを手の平に載せてあげると嬉しそうに口にほおばるエルヴィンは、まるで大型犬のようだ。

結局エルヴィンはキャラメルを五個も食べてイアンに止められていた。

その間に、できる護衛さんたちはエルヴィンの変装服を用意したらしい。

これってもう、エルヴィンが一緒に行くのは決定なんじゃないかな。

どうするんだろうと思っていたけど、結局お父様もお兄様も、王様が認めているのなら仕方がないと、エルヴィンの同行を認めた。

えええ。お父様たち、もっとちゃんと止めようよ。

さすがに王太子と一緒に商人に変装して旅に出るのは無理があると思うよ。護衛の数は私とお兄様だけで行くのよりはるかに多くなるだろうし。

どうにかならないかと試行錯誤《しこうさくご》した結果、そんな私の心配は、私特製のお守りで解決することになりました。

色々試して、お守りに刺繍《ししゅう》できる文字は四文字まで、お守りの効果が続く時間は、お守りの文字と効果の難易度によるというのが分かった。

たとえば「敵は外」のお守りは一週間経《た》っても効果があるけど、「守護」のお守りなどは攻撃《こうげき》の強さによって耐久度《たいきゅう》が変わる。

そして効果がなくなったお守りは、摩擦《まさつ》で擦《す》り切れたかのようになって、途中《とちゅう》で糸が切れてしまう、など。

なので、たくさんお守りを作りました。

オーソドックスな「守護」「強化」。解毒《げどく》……にしたかったけど、難しくて「どくけし」になったお守り。「攻大」は、これも「攻撃力大」にしたかったけど刺繍できなくてこの二文字になった。

その他にも役に立ちそうなお守りをたくさん作った。

もちろん家に残るお父様のために、「守護」と「敵は外」のお守りもたくさん作っておいた。

「レティ、どうしても行かなければいけないのかい？」

少し裕福な商人の娘の格好をした私は、すっかり体調が良くなったお父様にぎゅうぎゅうと抱きしめられていた。

お父様が好んで使うコロンの匂《にお》いがかすかに香る。

黙っていればお兄様にそっくりのクール系イケメンなんだけど、お母様が亡くなってしまってから私とどう接したらいいか分からなくて距離《きょり》を置いていたのを反省した反動なのか、あれからずっと親ばか街道を爆走《ばくそう》している。

そんなお父様は別れを惜《お》しむように、いつまで経っても私を放そうとしなかったので、お兄様が後ろから私の肩を持つ。

「父上。そろそろ出発しないと、今日中に宿に到着《とうちゃく》できませんよ」

お父様には申し訳ないけど、もちろん私はお父様から離れてお兄様に抱きついた。

ショックを受けたようなお父様の顔にちょっとだけ罪悪感がわくけど、でもお兄様の抱《ほう》擁《よう》には抗《あらが》えません。

許してね、お父様。

「お父様、すぐに帰ってきますから」

この世界では車はまだ発明されておらず、馬車での移動になる。

馬車をひくのは馬だけど前世で知ってる馬じゃない。頭の上には小さな角が一本生えている。

こんなささいなことで、ここは異世界なんだなぁと思う。

私はお父様の頬にキスをすると、屋敷を後にした。

なんだか号泣《ごうきゅう》してるのが見えるけど……目を合わせると出発できなくなりそうだから、振り返らないようにしとこうかな……。

私も、やっぱりちょっと寂《さび》しいらしい。

健康になって戻ってくるから。

待っていてくださいね、お父様。


そして！

お兄様と旅行ですよ、旅行！

いつもの貴族然としたお兄様の姿も素敵ですが、裕福な商人の息子に変装したラフな姿のお兄様も眼福です。

白いシャツとモスグリーンのジレがこんなにも似合う少年が他にいるでしょうか。

きりっとした印象はそのままに、モスグリーンの色合いが優しさを加えている。

思わず拝んでしまったら、お兄様に笑われてしまった。

でもそれくらい素敵だったんだよ！

エルヴィンも、いつものゴテゴテした格好じゃなくて白シャツにスラックスという使用人らしい格好になってました。

お兄様ほどではないけど、まあまあ似合ってるかな。

そして私は、お兄様とお揃《そろ》いのモスグリーンのドレスを用意してもらった。

歩きやすいようにちょっと短めのドレスに、サッシュはお兄様の髪の色と同じ銀色。

もうそれだけで気分は爆上がり！

「レティ、ほら、楽しみなのは分かるけど、あんまり興奮しちゃダメだよ」

馬車に乗ると、お兄様がすぐに私の口の中に飴《あめ》を入れた。

……うん、興奮しすぎて、リコリスキャンディーのお世話になりました。

さあ、いざゆかん。

黄金のリコリス……、と、聖剣《せいけん》の眠る洞窟《どうくつ》へ！

◇◇◇◇

ガタゴトガタゴト。

馬車に揺られた私は、初めての旅に興奮しっぱなしだった。

口の中にはひっきりなしにリコリスキャンディーが放りこまれて、その味しかしない。

さすがにお兄様にたしなめられた。

えー、でもだってー。

この世界に来てから、ずっと屋敷の中で引きこもってたんだもん。見るもの聞くもの、すべてが珍しいのは当然じゃないですか。

犬とか猫《ねこ》はそのまんまなんだけど、角が生えてる馬がいることからも分かるように、この世界の生き物には、私が知っている世界の生き物とはちょっと違うものもいる。

馬車をひいている馬も途中で少し休憩《きゅうけい》すれば一日中走れるらしく、ほぼ一日中馬車の中だ。

一見普通の馬車に見せかけて、実際はかなりの機能を備えている。

まずサスペンション。

これは普通の馬車にはない、最高級品をつけてるらしい。だから揺れてはいるけど、そこまでひどくはない。お尻《しり》にクッションはいるけどね。

でもこの馬車が揺れないのには、もっと他の理由がある。

なんと「耐震《たいしん》」のお守りをつけちゃいました一！

他にも「防御」と「安全」のお守りをつけている。「防御」に関しては、すぐに取り換《か》えられるように、窓の脇《わき》にお守りをぶらさげられるようにしてもらった。

いやもう、「耐震」のお守りを作るのは大変だった。

だって「耐」とか「震」とか、漢字が難しくない？

字を思い出すのにしばらくかかっちゃったし、なかなかうまく縫えなくて、何度も失敗して作った。

多分、私の能力的に、かなり無理をしてるってことなんだろう。

この世界ではステータス的なものが見えないから、どれくらい能力が上がってるかとか全然分からないけど、そのうちサクサク作れるようになるといいなぁ。

とにかく、馬車で旅するお兄様に快適さを届けるんだ、っていう一心で頑張りました。

出発前になんとか仕上がって良かった〜。

でも、ちょっと漢字を忘れてきてるのはまずいかもしれない。

私のお守りは漢字の力によるものも多いと思ってるんだけど、その漢字を忘れてしまったら、お守りを作れなくなってしまう。

だから今は、思いついた漢字を片《かた》っ端《ぱし》からノートに書いて漢字辞典っぽいものを自作している。

エルヴィンが呪《のろ》いの魔導書かってビクビクしてたけど、確かにそう見えなくもないから、教会関係者には絶対に見せないようにしなくっちゃ。

特にあの、うちに来てた異端審問官《しんもんかん》のレブラント枢機卿《すうききょう》とか。

まあ、漢字単体で力があるわけじゃなくて、モコの毛と聖剣の力がなければ効果を発揮しないから、見せてもどうってことはないんだけど。

一見「異端」に見えるのは確かだし、わざわざ危険をおかす必要はないもんね。

「お兄様、あれは何ですか？」

屋敷を出てから王都を抜《ぬ》けて次の街まで行くには半日かかる。

その間には小さな村がいくつかあるんだけど、窓の外を見たら豚《ぶた》が飛んでた。

飛ぶっていっても人の高さまでで、多分、鶏《にわとり》と同じくらいの大きさの豚さん。

小さな白い羽があって、パタパタと飛んでる姿はかなり可愛《かわい》い。

「フライングピッグだね」

飛ぶ豚――わぁ、思いっきりそのまんまな名前だった。

「豚よりも淡白《たんぱく》でおいしいよ。うちでも良く食べてる。シチューに入れることが多いかな」

「シチューのお肉！」

あんなに可愛いのに、ペットじゃなくて食べちゃうの⁉

そういえば豚肉ほど脂《あぶら》っぽくなくて鶏肉《とりにく》ほどパサパサしてなくて、凄《すご》くおいしいと思ってた。

さすが公爵家のお食事だと思ってたけど、お肉の種類が違ってたんだ。

今まで全然気がつかなかった。

「今日泊《と》まる予定の街ではフライングピッグの煮込《にこ》みが有名だから、食事の時には出してもらおう」

可愛いのに、おいしいんだ……。

そういえばちょっとお腹《なか》が減ってきたかも。

「はいっ、楽しみです」

あんなに可愛いのを食べちゃってもいいのかなってちょっと心が痛むけど、でもおいしいお肉は食べたいです。

「ペット用のフライングピッグもいるぞ」

「可愛いから？」

「いざという時には非常食になるからだな」

「えぇえ……」

お兄様の説明に、横からエルヴィンが口を挟《はさ》む。

エルヴィンは私たち兄妹のお供ということで質素な服を着ているけれど、髪とか肌《はだ》とか艶々《つやつや》で、どう見ても使用人には見えない。

エルヴィンのお供のイアンも、小説の頃は筋骨隆々《りゅうりゅう》のいかにも騎士ですって姿だったけど、まだ十一歳の今は、体は大きめだけどそこまで筋肉マッチョマンじゃないから、普通に良いとこの子に見える。

うーん。変装してても小説のメインキャラなだけあって皆キラキラしてるから、商人子息の一行だって言い張るのは、無理がありそう。

特にお兄様なんて、黙って立っているだけで匂うような気品があふれ出して、ついつい平伏《へいふく》したくなるような高貴なオーラの持ち主だから、きっと貴族のお忍びだってすぐ分かっちゃうと思う。

でも王太子とローゼンベルク公爵家の跡継《あとつ》ぎだってことがバレなければいいんだから、問題はない。

馬車が快適なおかげでそんなに休憩を取らなくても済むから、街の人たちの目に触れることもないだろうし、何とかなるよね。

それにまだ王都を出たばかりで、この辺は治安がいいらしいし……。

なんて思ってたら。

急に馬車がスピードを上げ始めて、御者《ぎよしや》が叫《さけ》んだ。

「盗賊《とうぞく》です。振《ふ》り切りますので、しっかりつかまっていてください」

その声に素早く反応したお兄様は、私の体をぎゅっと抱きしめた。

視界の端ではイアンがエルヴィンに覆《おお》いかぶさるようにしている。

盗賊が出た？

こんな王都の目と鼻の先で？

まさか、嘘《うそ》でしょう⁉

「賊は何人だ」

お兄様の体に当たっている方の耳に、くぐもったような声が聞こえる。

馬車の前方には窓があって、そこを開けると手綱《たづな》を握《にぎ》る御者の姿があった。

御者といっても、体が大きくて腕《うで》も太い。王太子であるエルヴィンを守れるように、護衛もできる実力者のはずだ。

「見える範囲では十人ほどです」

「少し多いな。いけるか？」

「ただの盗賊であれば」

「そうではない可能性もあるということか」

「統率《とうそつ》が取れており、執拗《しつよう》に馬を狙ってきます」

その言葉通り、ひゅんと風切音を鳴らして弓矢が飛んできた。

でも馬に当たる前に、風魔《かざま》法《ほう》で吹《ふ》き飛ばされる。

どうやら護衛で風魔法を使える人がいるらしい。

それにたとえ馬車に当たっても、防御のお守りのおかげで大したダメージにはならないはずだ。

「敵に魔法使いはいるか？」

「いえ、今のところはいないようです」

「そうか。油断しないように」

お兄様は少し安心したように息を吐《は》くと、見上げる私を見下ろした。

「レティ、何があっても僕が守るから」

ひえええええ。

お兄様が……お兄様が、私の心の臓を止めにかかっています。

緊張しつつ、でも私を安心させようと無理やりに微笑《ほほえ》むお兄様の姿は神々《こうごう》しいばかりに美しく、両手を合わせて拝みたくなってしまうほど。

しかも少年セリオス様ですよ？

小説の挿絵《さしえ》でも見られないレアな姿に、思わず瞬《まばた》きも忘れてしまった。

お兄様のアイスブルーの瞳が透《す》き通ってて綺麗《きれい》だなぁ。

こんな時なのにそんなことをのんびり思っていたら、突然ドンと大きい衝撃《しょうげき》が走って馬車が大きく傾《かたむ》いた。

その瞬間、お兄様がひときわ強く私を抱きしめる。

そのはずみで、抱えていたモコがコロコロと床に転がった。

エルヴィンは、と思って見ると、イアンに庇《かば》われつつも、剣を手にしてすぐに抜けるように構えている。

さすが脳筋王子様、いつでも戦える態勢になってる。

「どうした！」

お兄様の声に、御者が応える。

「魔法です！　車輪がやられました！」

「やはり魔法使いがいるのか。囲まれたら厄介《やっかい》だな」

あぁ、そっか。

防御のお守りをつけたのは馬車本体だから、車輪には効果がなかったんだ。

失敗した。車輪にもお守りをつければ良かった。

でも今さら言っても仕方ない。

こんなこともあろうかと、攻撃用のお守りも作ってて良かった！

「僕も迎撃《げいげき》しよう」

「お兄様、これを使います！」

私はバッグから大きなお守り袋を取り出して、むき出しのままの護符《ごふ》を何枚か取り出す。

「それは？」

私の手にはカタカナで「バクハツ」と書いた護符がある。

本当は「爆発《ばくはつ》」って書きたかったんだけど漢字が難しすぎて作れなかったんだよね。

残念。

私は床に落ちたモコを拾い上げると、お兄様に渡した。

「お兄様、モコをお願いします。あと、ほんの少しだけ扉《とびら》を開けてもらえますか？」

「分かった」

お兄様は何も聞かずに馬車のドアを開けてくれる。

馬車の中に突風《とっぷう》が吹き込《こ》む。

お兄様はすぐに風圧で閉じそうになる扉を、氷魔法で固定してくれた。

ドアの隙間《すきま》からは、剣を手に並走《へいそう》する、護衛に変装した騎士たちが見える。

そのうちの一人と目が合って驚かれたけど、何事もなかったかのように顔を後ろに向ける。

「おい、何するんだ。危ないだろう」

慌てるエルヴィンの声を背中に私は護符を手の平に乗せる。

護符は、貼《は》り付いたように私の手の平の上から動かなかった。

「私たちを守って」

そう言って息をふきかけると、護符がふわりと宙に浮いて盗賊たちのもとへと物凄《ものすご》い勢いで飛んで行く。

ドカン！

何かが爆発する音がした。

「もう一枚！」

さらに護符を飛ばすと、後方でドカンドカンと連続した爆発音が聞こえた。

「念のためにもう一枚！　私たちを守って！」

ドゴォォォォォン！

ふわりと飛んで行った護符は、一枚よりも二枚三枚と数を重ねるごとに威力《いりょく》を増しているような音がする。

それと同時に馬車がゆっくりとスピードを落とす。

や……やっつけた？

馬車の扉を開けて確かめたいけど、もしまだ盗賊がいたらと思うと怖《こわ》くてできない。

どうしよう。まだ護符は残ってるから、念のために投げるべき？

そう悩《なや》んでいたら、お兄様が扉の隙間からさっき私と目が合った騎士に声をかける。

公爵家で見たことはないから、エルヴィンの護衛として来た騎士様かもしれない。

「賊はどうなった？」

「全員戦闘《せんとう》不能となっております」

「よろしい。確認の為、一度馬車を止めろ。お前たちは賊を捕縛《ほばく》せよ」

「はっ」

そう言って馬首を返して後ろに向かう騎士が、チラっと私を見た。

なんだかその顔はちょっと強張《こわば》ってる。

そうだよね、一応エルヴィンは王太子だから、何かあったら大変だったもんね。

分かる分かる。

何とか撃退《げきたい》できたみたいで良かった〜。

安心したらどっと疲れちゃった。

お兄様を見て疲れを癒《いや》そう。

そう思って振り返ると、驚いたようなエルヴィンの顔が見える。

私のことをじっと見つめて、

「お守りの魔導師《まどうし》……」

ゆっくりと止まった馬車の中で、エルヴィンが小さく呟《つぶや》いた。

馬車を襲った盗賊たちは、盗賊じゃなかった。

盗賊のように薄汚《うすよご》れた格好をしていたんだけど、匂いがしなかったのだ。

盗賊が毎日お風呂《ふろ》に入って綺麗にするなんてこと、できるはずない。

だから捕まえたのは「盗賊のフリをした人たち」だ。

だけど中々口が堅《かた》いらしく、誰《だれ》からの命令で私たちを狙ったのか白状しない。私たちの内の、誰を狙ったのかも。

私たちは今、襲撃《しゅうげき》された場所から少し離れたところで野営している。

もう少し先に行けば少し大きな町があるんだけど、襲撃者たちの素性《すじょう》がはっきりしない以上、誰が味方で誰が敵か分からない。

それで知らない人たちがたくさんいる場所は危険だということになったのだ。

「お兄様、大丈夫かなぁ」

お兄様とエルヴィンは、襲撃者たちをどうするかっていう話し合いをしに馬車の外に出ていった。

一人になった私は、馬車の中でモコや聖剣とこれからどうするかの相談をする。

といっても、モコは普段あんまり喋《しゃべ》らないので、馬車の中でふわふわころころしてるだけだけど。

『大丈夫であろうよ。あれは人にしては強い』

聖剣の言葉に私は頷《うなず》く。

ですよねー。いずれラスボスになっちゃうくらい強いんだもん。

さすがお兄様。

とはいっても、黙秘《もくひ》してる人を自白させるのって、かなり大変だろうから心配……。

まだ大人になりきってないうちから、殺伐《さつばつ》として欲しくないんだけどなぁ。

「襲ってきた人たちって、誰を狙ったんだろう」

『分からぬのか？』

「あくまで、金目の物がありそうだから襲ったって言い張ってるみたい」

それにしては口が堅すぎるらしいけど。

つまり、単なる盗賊じゃなくて口を割らない訓練を受けてるプロってことだよね。

こっちも自白させるプロがいれば別だったんだろうけど、さすがにそこまでの人員はいない。

　はっきり言って、ローゼンベルク公爵家も王家も、排除したいと思ってる人はたくさんいる。

　ローゼンベルク家の場合は敵対する貴族家だけど、もし狙いがエルヴィンだった場合、王家に対する恨《うら》みなのか、それとも「王太子」であるエルヴィンの命を狙ったのかで、かなり違ってくる。

「うーん。確かにエルヴィンは先代王妃様の子供だけど、今の王妃様にはまだ男子が生まれてないしなぁ」

　仮に王妃様がエルヴィンを疎《うと》ましく思ってたとしても、まだ従兄《いとこ》がピンピンしてるのに暗殺しようとするだろうか。

　だってエルヴィンの他に従兄も殺そうとしたら絶対に怪《あや》しまれるだろうし、そうなったらフィオーナ姫を女王になんて言っても誰も賛成してくれない。

　だとすると、敵は私たち兄妹《きょうだい》を狙ってるってことになるけど……。

　やっぱり一番怪しいのって、お父様の後妻の座を狙ってるミランダじゃない？

　盗賊に襲われて後継者が二人とも死んでしまったら、お父様は絶対に再婚《さいこん》しなくちゃいけなくなると思うもん。

お父様は嫌がって親戚《しんせき》に家督《かとく》を譲《ゆず》るって言いそうだけど、また薬を盛られたら抵抗できなくなる。

それに関しては、王妃様が関わってる可能性もあるんだよね。

「ミランダが敵なのははっきりしてるし、王妃様がそれに協力してる可能性があるのも分かってる。問題は、このまま敵の巣窟《そうくつ》に黄金のリコリスを探しに行けるかってことよね」

ある程度の妨害《ぼうがい》はあるかもしれないとは思ってたけど、まさかこんな王都を出てすぐの所で襲撃されるとは思わなかった。

私が作った「敵は外」お札のおかげで公爵家の屋敷の中には入れなかっただろうから、もしかして外でずっと見張ってたのかな……。

「うーん。やっぱり誰が主犯かはっきりさせた方がいいよね」

とすると……。

私はお守り作製用裁縫《さいほう》セットを取り出した。

ここには聖剣針とかが入ってるので、肌身《はだみ》離《はな》さず持っているのだ。

「どうしよう。糸がない……」

お守りを大量生産したから、モコの抜け毛が足りなくなっちゃった。

『もらえばよかろう』

「……モコ、ちょっと何本か毛をもらえる？」

馬車の中を転がっていたモコは、くりんとした目をさらに丸くして私を見た。

そしてふわふわの毛をぺしゃりと垂れさせながら私のもとへ来て目をつぶった。

「ごめんね」

えいやっとモコの毛を抜くと、モコはぴゃっと飛び上がった。

ごめんね、痛かったよね。

でもどうしても必要だったの。ありがとね。

私はモコの毛を聖剣針に通すと、チクチクとお守りを縫った。

「できた！」

私はできたお守りを持って、馬車を下りた。

「お兄様ー！」

お兄様を呼ぶと、すぐに私のところに来てくれる。

「どうしたんだい、レティ。危ないから馬車の中で待っておいで」

「お兄様、これを自白させたい人に貼《は》り付けてください」

「これは？」

「自白お守りです！」

私が手にしたお守りには「自白」と書かれている。

これを貼れば、きっとペラペラと何でも喋るはず。

もっと早く気がつけばよかった。

「これを使ってください！」

私はお守りをお兄様の手の上に置いた。


結果的に、私が作った自白お守りはとっても良く効いた。

それこそ、昨日の夕飯まで全部喋ってくれたのだ。

そして襲撃者を雇《やと》った人の名前もしっかり吐いた。

ネヴィル子爵って人のところの元騎士《きし》だったらしい。

「ネヴィル子爵……？」

ダレソレ？

お兄様からその名前を聞いても、ピンとこない。

てっきりミランダの関係者かと思ったら違ってたし、そんな名前の人は小説にも出てこなかった。

しかも「元」ってことは、今は無関係？

そんなことはないか。きっと襲撃にあたって身分を隠したんだよね。

「三年前に飢饉《ききん》が起きて領地の運営に失敗した家は、だいぶ騎士団を縮小したと聞くから、その時に解雇《かいこ》されてはぐれ騎士になったんだと思う」

基本的に騎士っていうのは、貴族であっても爵位《しゃくい》を継げない次男三男がなるか、それで騎士になって功績を立てて騎士爵をもらった人の子供がなる職業だ。

この世界には魔物がいるから、強い魔物なんかを倒《たお》すのを仕事にしている。

男の子が憧《あこが》れる職業ナンバーワンだ。

でも田舎《いなか》の騎士団なんかは、農民が騎士になりました、みたいな人が多くて、領地の運営が厳しいと解雇されちゃったりするらしい。

普通はそのまま農民に戻って、また何かあったら騎士に戻るんだけど、もう農民なんてやりたくなくて腕に覚えのある人は、そのまま冒険者として活動する。

元騎士の彼らは新人とはいっても戦う訓練をしてきたので、すぐに頭角を現す。

それで多少のやっかみをこめて、元騎士で冒険者になった彼らを「はぐれ騎士」って呼ぶのだ。

「王妃《おうひ》様の侍女《じじょ》の一人が、ネヴィル家の出身だよ」

首を傾《かし》げていたらお兄様が教えてくれた。

さすがお兄様、王妃の侍女の出身まで把握《はあく》しているとは。

「王妃様の……？」

エルヴィンはさっきからうつむいて、一言も喋っていない。

ただその両手は、真っ白になるまできつく握りしめられていた。

これって、ミランダが王妃様に頼んで私たちを排除しようとしたって雰囲気《ふんいき》じゃないなあ。

もしかして狙《ねら》われたのって、私たちじゃなくて……。

「きっと、何かの間違いだと思う」

エルヴィンの伏《ふ》せられたまぶたの下から、いつもは明るく輝いている青い瞳《ひとみ》が暗い色をまとって現れる。

護衛のイアンは心配そうにそんなエルヴィンを見守っていた。

「狙われたのは俺《おれ》じゃない。だって義母《はは》上《うえ》が俺を殺そうとするなんて――」

不思議だった。

この世界に転生したのが分かって、社会の仕組みを知って。

なぜ魔王討伐の旅に、王太子であるエルヴィンが同行したんだろうって。

エルヴィンが勇者だったなら、それも納得《なっとく》できる。

でもエルヴィンは王太子だ。

本来であれば、絶対に傷つかない後方で守られていなくちゃいけないはずだ。

いくら剣が強いっていっても、聖剣を持った勇者には負ける。

身を盾《たて》にして勇者を守るなら、他にもっと強い人がいたはず。

小説のエルヴィンは脳筋でちょっと考えなしのところがあったから、自信過剰《かじょう》のまま突《つ》っ走って魔王討伐の旅にくっついて来たんだと思ってた。

でも、もし、その旅で死ぬのを望まれていたんだとしたら……。

能天気なまでに明るく強引で、俺様で。

それが全部、表面上だけだったとしたら……？

「たとえエルヴィンが死んだとしても王族男子は他にもいるから、一人娘《ひとりむすめ》のフィオーナ姫《ひめ》が王位に就《つ》くのは難しい。王弟殿下が王位を狙っているという可能性もある。ネヴィル子爵の年代だと、学園で王弟殿下と交流があったかもしれない」

実を言うと、王弟殿下には王位継承権がない。

国王に後継の王太子がいる場合、継承争いを避《さ》ける為に国王の兄弟は継承権を失い、その子供に移るのだ。

つまり、王位継承権第一位はエルヴィン、第二位と第三位は王弟殿下の息子二人ということになっている。

だからたとえエルヴィンを殺したとしても、王弟殿下じゃなくて息子が王位を継ぐ。

息子たちの後見人になって国を治めるっていうのも有りかもしれないけど、そこまで権力に固執《こしつ》してるなら、継承権があるうちに何か問題起こしてそうな気もするんだよね。

今まで特にそんな話は聞いてない、けど……。

ちなみに小説では王弟の息子二人について何も書かれていない。王弟の名前も出てこなかった。

つまり原作開始時に王弟一家は、存在してなかったってことになる。

これって、もし王妃が今回の襲撃の犯人だったら後に王弟を排除するから登場してなかったって考えられるし、王弟が犯人だとしたらそれがバレて粛清《しゅくせい》されたとも取れる。

それか、どっちにも関係ないかもしれないし……。

お守りの力で「自白」させても、実行犯が何も知らないんじゃ分からない。

「叔父上《おじうえ》が……」

王弟殿下とも仲が良いのだろう。

エルヴィンは認めたくないようで頭を振っている。

「いずれにしても証拠《しょうこ》がない。まったく関係のない第三者が黒幕かもしれないし、そこは父上に真相究明をがんばって頂こう」

もしエルヴィンが狙われたんだとしたら、王家の問題になる。

本来は王様が率先《そっせん》して解決しなくちゃいけないことだけど、王妃とか王弟が犯人だった場合、事件が闇に葬《ほうむ》られる可能性もあるのか……。

それで、捜査《そうさ》を主導するのは王家じゃなくて公爵家にするんだ。

さすがお兄様。先の先まで考えている。

「すぐに迎えがくるだろうから、襲撃してきたやつらを引き渡《わた》したら、僕たちは先に進もう」

王都を出たところですぐに襲《おそ》われたから、引き渡しも楽だ。

そこだけは不幸中の幸いだったかも。

「エルヴィンは、どうする？」

このまま先に進むとしても、また今回みたいに襲われる可能性がある。

多分エルヴィンは、ちょっとした冒険のつもりでこの旅に押しかけてきたはずで、ここまでの危険は感じてなかったと思う。

しばらく悩んだエルヴィンは、なぜか私を見てから答えた。

「いや、このまま行く」

「そうだね。僕たちの誰かが狙われてるのが分かった以上、誰が敵か分かるまで王都を離れた方がいいかもしれない。それにレティのお守りの効果は絶大だしね」

こんな時だけどお兄様に褒《ほ》められて嬉《うれ》しい。

これからもお兄様をラスボスにさせないために、がんばりますね！

◇◇◇◇◇

それからの旅は拍子抜《ひょうしぬ》けするほど快適だった。

新たな襲撃者もなく、あっさり黄金のリコリスと聖剣がいると思われるヘル子爵家《ミランダ》の領地まで到着した。

ミランダの故郷ことヘル子爵家の領地は高低差の多い丘陵《きゅうりょう》地帯で森が多く、耕作地には適していない土地だった。

もう少し暖かいところならブドウやオリーブの栽培に適していただろうけど、北にあるこの地では育ちにくい。

かろうじて林業で細々と暮らしている土地という印象だ。

途中の宿もあまり立派なところではなくて、前世で庶民《しょみん》だった私は平気だったけど、生まれた時から王族として贅沢《ぜいたく》な暮らしをしてきたエルヴィンは、カルチャーショックを受けてるみたいだった。

もちろん完璧《かんぺき》で素敵なお兄様は、及《およ》び腰《ごし》になっているエルヴィンとは違ってどんな宿でも平然としていた。

お兄様もそんな宿に泊まるのなんて初めてだろうと思うのに、さすがお兄様。

はぁ。尊いオブ尊い。

この旅で、お兄様の素敵なところをいくつ発見しただろう。

数えきれないほどの萌《も》えを頂いて、リコリスキャンディーでも魔力過多の発作《ほっさ》が抑えきれなくなりそうになった。

私、よく耐えたと思う。

そんな苦労の果てに、ついに私たちは、聖剣のあると思われる崖《がけ》にやってきたのである。

(聖剣さん、ここにいるの?)

私の心の中の呼びかけに、聖剣さんが応える。

『うむ。そこから下を覗《のぞ》くと良い。入り口が見えるであろう』

ええっと……、ここから身を乗り出すのは、ちょっと勇気がいるかなぁ……。

聖剣さんのいる洞窟は、なんと断崖絶壁《だんがいぜっぺき》の途中にあった。

小説では主人公アベルが崖の近くの森で幼馴染《おさななじみ》と一緒にいる時に魔物に襲われて、魔力の暴発を引き起こす。

その魔力に興味を持った聖剣が、二人を洞窟へ転移させるのだ。

ということは、ここで聖剣に呼びかければいいってことよね。

（聖剣さん、聖剣さん。私たちを洞窟に転移させてもらえますか？）

あれ？　私の心の声に、聖剣の返事がない。

いつもうるさいくらい話しかけてくるのに。

聖剣さーん、聞こえてるー？

『う、うむ。それがだな』

うん、どうしたの？　何かトラブル？

『ほら、お主の持つ針に我の力を与えたであろう』

うん。

『それでな。かなりの魔力を消費したらしく、転移が使えん』

えええええええええ！

ちょ、ちょっと待って。

そしたらこの断崖絶壁を下りて行かないといけないってこと？

ムリムリムリムリ。

だってこんなとこ、どうやって下りるの？

私はこわごわと身を乗り出して下を見ようとした。

すると、後ろからひょいと抱えられる。

「レティ、身を乗り出すと危ないよ」

「お兄様、この下に黄金のリコリスがあるみたいなんですけど、どうやって下りればいいのか……」

転移でぴゅーっと行けると思ってたから、何も準備してない。

ロープを体に巻いて木に巻き付けて落ちないようにするしかないけど、木は……あそこかぁ。

崖の反対側に、アベルの魔力の暴発でなぎ倒される予定の木々が立っている。

ちょっと遠いなぁ。

この長さのロープなんて用意してないから、どこかで調達しないとダメかも。

ここから一番近い村は主人公の住む村だけど、そこにそんなのあるんだろうか。

「……成功するかどうか分からないけど、ちょっとやってみようか」

やるって、何を？

お兄様は私を抱きかかえたまま、エルヴィンたちのところへ戻った。
そして私をその場に下ろすと、自分は崖っぷちに立って何やら詠唱《えいしょう》を始める。
お兄様！
そんなトコに立ってたら危ないです。
風が吹いたらそのまま落ちちゃいそう。
早くこっちに戻ってきてください！
エルヴィンも、そんなとこでボーっと立ってないで、お兄様を呼び戻《もど》して！
そう思っている間に、お兄様の手から氷魔法が放たれる。
それはどんどん崖の下へ向かっていって、氷が固まるようなチリリという音が鳴る。
お兄様、一体何を……。
しばらくすると、お兄様がふうと大きく息を吐いた。
手招きをされて行くと、なんと。
「氷の階段……？」
お兄様は魔法で氷の階段を作り出していた。
え、お兄様、凄くない？
よっぽど魔力量が多くて緻密《ちみつ》なコントロールができなければ、こんなにたくさんの氷を凍《こお》らせることはできないし、ここまで冷たく固めることもできない。
さすがラスボスお兄様。
やることのスケールが違いますね。
カッコイイ！
「まず僕が洞窟に行ってリコリスの花があるかどうか見てくるよ」
私は恐《おそ》る恐る崖を見る。
確かにお兄様の魔法で氷の階段ができている。
でもこれ、足が滑《すべ》りそう……。
（聖剣さーん！　転移はできなくても刺繍《ししゅう》に付与《ふよ》する魔力は残ってるよね？）
『当然だ』
（ありがとう。モコー！）
私は周りでふわふわ飛んでいるモコを呼ぶと、毛をもらっていいか尋《たず》ねた。
するとモコは、私に目のない方の、多分背中を向けてじっとしてくれた。
「お兄様、ちょっとだけ待ってください」
私はモコの毛と聖剣針でお守りを作る。
ちくちくちくちく。

よし、できた！

「そのお守りは？」

「じゃじゃーん！　滑り止めお守りです」

前世で受験生に売ったらバカ売れ間違いなしのお守り用に二文字にした「滑止《すべりどめ》」って刺繍したお守りを持てば、氷の上でも滑らないに違いない。

私の分も作ったから、一緒に行きましょう！

「おい、俺の分はないのか？」

えー、エルヴィンも行くの？

護衛のイアンも？

ええっ、何があるか分からないからここにいる全員？

「そんなに大勢は無理じゃないかな。いくらお兄様が天才魔法使いだといっても、これだけの人数が乗ったら氷の階段は壊れちゃいそう」

私は崖からちょっと身を乗り出して階段を見る。

ちょっと青みがかった氷の階段はキラキラと輝いてとても綺麗だけど、それほど頑丈《がんじょう》だとは思えない。

お忍《しの》びの旅だから重装備の鎧《よろい》を着た騎士はいないけど、護衛の人たちが持ってる長剣《ちょうけん》だけでも重そう。

筋肉も重そうだしこの人たちが一人でも乗ったら、壊れちゃうんじゃないかな。

「ここは僕たちだけで行ってみよう。もし鳥系の魔物がいても、凍らせてしまえばいいし」

確かに、崖の途中にある洞窟に魔物がいたとしても、羽のある魔物だろう。

さすがお兄様、名推理が冴《さ》えわたっていますね！

もっとも、ここには聖剣と黄金のリコリスしかないんだけど。

「俺も絶対に行くからな！」

滑り止めお守りがないならそのまま行くと言い出したエルヴィンに、仕方なくお守りを作って渡す。

そしてお兄様、エルヴィン、イアン、私の四人で階段を下りる。

もちろん私の手は、しっかりお兄様と繋《つな》がっている。

一歩踏《ふ》み出すと、キシリ、と氷がきしむ音がした。

ひいいいいいいいい。

下を見ちゃダメ、下を見ちゃダメ。

そうだ。こんな時は麗《うるわ》しいお兄様の顔を拝ませて頂こう。

月の光を編んだような銀の髪と、氷をそのまま閉じこめたようなアイスブルーの瞳。鼻筋はすっと通っていて、薄い唇《くちびる》は私の前ではいつもほころんでいる。

やっぱり、いつ見ても素敵！

原作のセリオス様も好きだけど、妹の私にしか見せない優しい顔とか、ちょっと油断したような気の抜けた顔とか、いつのどんな瞬間《しゅんかん》でもお兄様の麗しさには際限がない。

神様、この世界に転生させてくださってありがとうございます！

うっとりとお兄様の顔を眺《なが》めながら階段を下りると、あっという間に洞窟の入り口に到着した。

お兄様の顔の効果凄い。

時間まで超越《ちょうえつ》してる。

「ここがレティが夢で見た洞窟か……」

洞窟の中は、ひんやりしていた。

入り口は少し広くなっていて、奥に進むにつれ狭《せま》くなっている。

「この先に黄金のリコリスがあるんだろうか」

前を向いたままのお兄様が、私の手をぎゅっと握《にぎ》る。

「これでやっとレティの病気が治るね」

「はい！」

お兄様が私の顔を見て、花が咲《さ》いたように綺麗《きれい》に笑う。

小さいお兄様の貴重な笑顔！

保存したーい！

「行こうか」

お兄様と一緒に人が一人通るのがやっとという道を進む。後ろには、物珍《ものめずら》しそうに洞窟の壁を触りながら進んでいるエルヴィンたちが続いている。

冒険活劇だと、エルヴィンの触れているところが隠し扉になっていて、エルヴィンだけが壁の中に吸《す》い込まれて行くんだけど、さすがにそんなこともなく、そのまま順調に進んでいった。

「花の香りがする」

前方から漂《ただよ》ってくるのは、濃厚《のうこう》な百合《ゆり》に似た香り。

リコリスだ。

思わずお兄様と顔を見合わす。

お兄様が繋いでくれている手が、緊張で強張るのが伝わってきた。

早足になりながら、先に進む。

するとそこには――。

まばゆい黄金の光に包まれた、一振《ひとふ》りの剣が地面に突き刺《さ》さっていた。

その周りには、光り輝きながら咲く、たくさんの黄金のリコリス。

(聖剣さんだ……)

『待ちわびたぞ』

ずっと聞いていた聖剣の声が、光り輝く剣から聞こえてくる。

(こうして会うのは初めてだよね。初めまして、聖剣さん)

『うむ。よくぞ参った』

こうして私はついに、聖剣との対面を果たした。

「こんなところに剣……?」

感動している私の横では、洞窟の中には黄金のリコリスしかないと思っていたお兄様が、地面に刺さっている、いかにもいわくありげな剣を警戒《けいかい》している。

お兄様、とってもとっても怪しい剣ですが、悪い剣じゃありませんよ。

そしてエルヴィンは——。

「おおっ、凄い剣だな」

「殿下、危ないです!」

護衛のイアンの制止を無視して、大喜びで聖剣《せいけん》のもとへ走っていった。

そして躊躇《ちゅうちょ》せず剣に手をかける。

「なんだ？　抜けないぞ」

なかなか抜けない剣に苛立《いらだ》ったエルヴィンは、両手で剣を持って引き抜こうとする。

でも抜けない。

『ふわっはっは。我はその辺のこわっぱには抜けぬ』

そこにいるのはその辺のこわっぱじゃなくて、一応王太子だけどね……。

「抜けないじゃないか」

「殿下、このような得体のしれぬ剣など触ってはいけません」

「だがこの剣は見るからに名剣だぞ。きっと名のある鍛冶師《かじし》が打ったに違いない。イアンなら抜けるか？」

さあ抜いてみよ、とにこにこしているエルヴィンに、イアンは呆《あき》れたようにしている。

でも自分ならば剣が抜けるかもしれないと思うのか、結構真剣な顔で剣を見つめている。

男子って、こういうの好きだよね。

いつもは生真面目《きまじめ》そうな顔のイアンも、どこかわくわくしたような期待に満ちた目を聖剣に向けている。

イアンは、そっと聖剣の柄《つか》を握って力をこめる。

かなりの力をこめているのが分かるけど、聖剣はビクともしない。

『はっはっは！　それしきの力で我を抜こうとは片腹痛いわ』

聖剣は興が乗ったのか、悪役みたいなセリフを言ってイアンを煽《あお》ってる。

まったく聞こえてないけど。

そもそも聖剣は私と仮契約しちゃってるから、他の人には抜けないと思うんだよね。

だったら早く止めればいいのかもしれないけど、こっちはそれどころじゃないし。

「僕にも無理でした」

イアンはしばらく奮闘《ふんとう》していたけど、諦《あきら》めて手を離した。

「じゃあ今度はセリオスの番だな。ってお前、何をやっているんだ？」

そしてお兄様は、聖剣には目もくれず黄金のリコリスの観察をしている。もちろん私も。

だって絶対抜けないのが分かってるもん。

モコは黄金のリコリスに興味津々《きょうみしんしん》なのか、花の匂《にお》いをかいで、ふわふわの毛に花粉をつけちゃってる。

花粉も少し光ってるのか、発光する毛玉になってて可愛《かわい》い。

「お兄様、やっぱりこの土ごと持っていくのが良いですよね」

「土自体はそんなに多くないね。その下の岩にも根が張っているみたいだ」

「根っこを傷つけないように持って帰りたいですよね」

「いっそここに研究所を作りたい」

いや、それは無理かなぁ。

ここはミランダのとこの領地だし。

「おい！　セリオス！」

聖剣にまったく興味を持たないお兄様に焦《じ》れたエルヴィンが、大声を出して注目を集めようとする。

その横ではイアンが申しわけなさそうにしていた。

「セリオスも試してみろ」

絶対に無理だろうという視線に、私の方がムッとしてしまう。

そりゃあお兄様は勇者じゃなくて、ラスボスだけど。

でも勇者よりずっと強くてかっこいいんだから。

だから聖剣なんて抜けなくても別にいいのだ。

そう思っていた私に、聖剣から驚きの発言があった。

『娘の兄か……。まあ、資格はなきにしもあらずではあるが』

えっ、そうなの。

じゃあ私が契約者にならなかったらお兄様が聖剣の主になってたかもしれないんだ。

私は聖剣をよく見る。

本物の聖剣は、持ち手に宝石がついてるわけじゃなくて、本当にどこにでもあるような装飾《そうしょく》のない素朴《そぼく》な剣だった。

ただその刀身には複雑な刃紋《はもん》があって、剣自体がキラキラと輝いている。

エルヴィンが言うように、一目で凄《すご》い剣だって分かる外見だ。

それを持ったお兄様を想像すると……、かっこよすぎじゃないですか⁉

（聖剣さん、契約者の変更《へんこう》ってできるの？）

思わず食い気味で聞くと、呆れたような声が帰ってきた。

『できなくはないが、そうすると我の分身である針は使えなくなるぞ』

そ、それは困る。

多分、モコの毛を使わせてもらえば多少はお守りの効果があるだろうけど、今までのような劇的な効果は望めない。

でも、私にあんな重そうな剣が持てるかなぁ。

『試しに持ってみればいい』

それもそっか。

私は興味なさそうなお兄様の横を抜けて、てくてくと聖剣のもとへ行く。

「レティ？」

無理だろうという顔のエルヴィンとイアン、そして慌《あわ》てて追いかけてくるお兄様を横目に、私は聖剣の柄をぐっと握った。

するっと剣が地面から抜ける。

思ったより軽い。

やっぱり、こういう時は、これだよね。

剣を高々と掲げた私は叫《さけ》んだ。

「とったりー！」

第八章　聖剣執事

すみません、調子に乗りました。

突然どうしたんだというお兄様のあっけに取られた顔は、思いのほか私にダメージを与えました。

エルヴィンにまで「何言ってるんだ？」という顔をされ、ダメージ倍増です。

私はしょぼんとしながら剣を下ろした。

私の身長と同じくらいの大きさの聖剣は、かなり大きい。

聖剣を抜いたのはいいけど、冷静に考えて、これ、どうしよう。

なんて思っていたのが伝わったのか、聖剣が急にまばゆい光に包まれた。

目の前が真っ白で何も見えない。

「レティ！」

異変を察知したお兄様が駆《か》け寄ってくるのが分かる。

「殿下危ない！」

エルヴィンをかばうイアンの声。
そして――。
「聖剣が――――!」
私の手の平から失われる、金属の感触《かんしょく》。
何も見えない中、駆け寄ってきたお兄様の指先が私の服に触れる。
次の瞬間、凄い勢いでお兄様に抱きこまれた。
ドクドクと、激しく脈打つ心臓の音が聞こえる。
しばらくすると、お兄様の腕《うで》の力がゆるくなって、安堵《あんど》したようなため息が漏《も》れる。
そろりと顔を上げると、もうあの光はなくなっていた。
そして手の中にあったはずの聖剣もなくなっている。
どこ行ったんだろ?
「ここだ」
突然、聞いたことのないような低音ボイスが聞こえた。
誰《だれ》?
振り返ると、すぐ近くに見知らぬ男の人が立っていた。
まるで闇夜《やみよ》を閉じこめたかのような艶《つや》やかな黒い髪に、夜空に浮かぶ月のような金色の瞳。

世界で一番麗しいのはセリオスお兄様だと思うけど、この人も人ならざる美しさだ。

黒一色の執事服を着た姿は、まるで夜を具現化したかのよう。

まったくその気配に気づかなかったお兄様は、すぐに私を背にかばう。

「誰だっ」

誰何《すいか》する声すらかっこいいですね、お兄様。

って、それどころじゃない。

この人、誰⁉

「我は聖剣。その娘は我の契約者である」

「ええええっ」

聖剣って人だったの⁉

待って。原作ではそんな設定どこにもなかったんですけど。

「人ではないが単なる剣でもない。そも、神に造られたのでな」

つまり人の姿になれるってこと？

「正式な契約者を得れば、どんな姿にもなれるぞ」

そうなんだ……。

チラリとドラゴンにも変身できるのかな、って思ったけど、こんな狭いところでドラゴンになられても困るから、慌てて考えるのをやめた。

黄金のリコリスを背景にたたずむ姿は、それがあの聖剣だと分かっていても美しい。

でも私のイチ推《お》しはセリオスお兄様で、ブレませんけどね。

チラリと様子を窺《うかが》うと、振り返ったお兄様の綺麗なアイスブルーの目がじっと私を見つめている。

あ……。

もしかして、説明を求めてますか……？

だよね、いきなり聖剣抜いたと思ったら、執事が現れて自分は聖剣だって言うんだもんね。それはびっくりするよね。

「レティ、契約者っていうのはどういうこと？　剣が人になるなどあり得ない。聖剣と名乗っているけど、あれは魔物《まもの》かもしれない」

私を背中にかばったまま、お兄様は油断せずに聖剣を睨《にら》んでいる。

確かにお兄様からすると、突然目の前に現れた男から聖剣だって言われてもにわかには信じられないだろう。

「いや、えーと、一応ちゃんとした聖剣さんです」

「一応とはなんだ。正真正銘《しょうしんしょうめい》、聖剣であるぞ」

ひえっ。偉《えら》そうな聖剣の発言に、お兄様の怒《いか》りゲージがぐんと上がった。

周りの空気が冷たくなってる。

お兄様、落ち着いて落ち着いてー！

聖剣が本物の聖剣であることの証明なんてどうすればいいの。

助けを求めて辺りを見回す私は、リコリスの花粉にまみれて金色に光っているモコに目を留めた。

「お兄様、モコがそう言ってます」

「モコが？」

お兄様の鋭い視線を浴びて、モコがぴゃっとすくみ上がる。

ごめんね、モコ。でもお兄様の誤解を解くためには、モコの協力が必要なの。

私の願いを聞いてくれたモコが、お兄様の視線にぷるぷる震えながらも、きりっとした目で見返してくれる。

モコ、がんばって……！

「そうなのかい、モコ」

お兄様の質問に答えるように、モコはぽよんぽよんと聖剣のもとへ飛んでいく。

そしてポスンとその腕の中に収まった。

「ほら、モコもこうして懐《なつ》いてるでしょう。精霊《せいれい》が懐くくらいなんですから、悪いものじゃないはずです」

「本当に聖剣なのか……？」

まだ疑わし気なお兄様に、聖剣は胸を張る。

「もちろん」

じっと聖剣とモコを見つめていたお兄様は、大きく息を吐《は》いてから肩《かた》の力を抜いた。

良かった。何とか誤解が解けたみたい。

モコは安心したように聖剣から離《はな》れて、また黄金のリコリスの方へ行った。

なんだかとっても気に入ったみたい。

「剣が人の姿に……？」

でもエルヴィンは何が何だか分からないみたいで、ぽかんと口を開けて驚いている。

その横でイアンも信じられないとばかりに目を見開いていた。

「しかも聖剣ということは、レティシア様は勇者……？」

イアンの爆弾《ばくだん》発言に、私は慌てて首を振る。

「違います！　ねえ、聖剣さんもそう思うよね？」

「うむ。勇者ではない」

聖剣にしっかりと否定されて、イアンとエルヴィンは納得《なっとく》してくれた。

ふう。良かった。

「それにしても聖剣が人になるとは……。どうしたらいいんだろう」

ああ、悩《なや》まし気《げ》なお兄様も眼福です。

っていうか、どんな姿にもなれるなら、人型じゃなくてモフモフの方が嬉しいんだけどなぁ。

なんで人型になったんだろう。

そう疑問に思っていたら、聖剣が心の声で話しかけてきた。

『毛玉は既《すで》にいるだろう。我が剣のままでは娘《むすめ》が大変だろうと思って、側《そば》にいてもおかしくない執事とやらになることにしたのだ』

ええええ。そんな理由……？

『ずっと側にいられるのは護衛か執事だが、護衛だと剣を持たねばならないだろう？』

（うん）

私も聖剣に合わせて心の中で返事をする。

『我は剣ゆえ、他の剣など手にしたくはない。執事なら剣を持たずに済む』

あー、うん。

確かにそれはそうなんだけど……。

でも、聖剣が執事？　こんなに偉そうなのに？

（あのね、聖剣さん。執事の格好は凄く似あうけど、言葉遣《ことばづか》いがダメだと思う）

『む。これではいかんのか』

（これではいけませんかお嬢様《じょうさま》、って言わなきゃ）

『お嬢様とは誰だ』

（私です）

『娘ではいかんのか……』

何となくうなだれている聖剣に、だったら人じゃなくて短剣とかにすればいいんじゃないかって提案したんだけど、一度人型になってみたかったらしく却下《きゃっか》された。

「聖剣さんの呼び方は何にしたらいいだろう」

「我の名は――」

（知ってるよ。グランアヴェール、なんでしょ？）

だけど長くて呼びにくいから、違う名前がいいなぁ。

アヴェールから取ってアベルだと小説の主人公と同じ名前になっちゃうから、グランとか。

いっそ、もっと短くしてみてもいいかも。

「ランっていうのはどう？」

これだったら呼びやすいし、元の名前も残ってる。

それに何となく執事っぽい。

「ふむ。悪くない」

聖剣改め、ランが納得したように頷《うなず》く。

気に入ってくれたみたいで良かった。

「じゃあ後はこの黄金のリコリスを持って帰りましょう」

すっきりした気持ちでお兄様の方に振り返る。

お兄様はこめかみに指を当てたまま、ランをじっと見据《みす》えていた。

「そうだね。僕はちょっとこの元聖剣とお話があるから、レティはリコリスを採集しておいで」

そう言ってお兄様はランの手を引っ張っていく。

まだ成長途中のお兄様のほうが背が低いのに、何だかランが気圧《けお》されているような
……？

とても気になったけど、それよりも黄金のリコリスを採集しなくては。

ちゃんとスコップは持ってきたし、根っこから掘《ほ》ればいいかな。

私はモコがふわふわと飛んで遊んでいる黄金のリコリスの群生している場所へ行く。

金色に輝く花粉まみれになったモコが飛ぶたびに、金色の軌跡《きせき》が舞《ま》う。

その光景は、目を奪《うば》われるほどに美しかった。

いつまでも見ていたいところだけど、そういうわけにはいかない。

私はスコップを手にリコリスの花のもとへ向かった。

「根っこが岩にくっついてなければいいんだけど……」

黄金のリコリスの根元は金色の花粉で覆《おお》われていて、どうなっているのかよく見えない。

しゃがんで花粉をすくってみると、指がキラキラと輝いた。

これが……魔力過多の特効薬になる、黄金のリコリスの花粉。

「綺麗《きれい》……」

もう一度すくうと指先はすぐに根っこに当たり、その下には固くゴツゴツとした岩の感触が伝わる。

もしかしてここって、洞窟《どうくつ》の中だから、土がないのかもしれない。

「だとすると、これが土の代わり？」

ということは、運ぶ時にこの花粉も一緒に持っていかなくちゃいけない。

でも、これ全部を運ぶとなると大変そう。

「ちゃんと栽培できるか分からないから、とりあえず何株か持って帰ってロバート先生に渡してみよう」

「おい」

「この洞窟で育つってことは、水はそんなに必要ないのかな」

「おいってば」

「そしたら、他に必要なのは何だろう。ランは一緒に来てくれるだろうからいいとして……」

聖剣の影響でリコリスが黄金になった可能性が高いから、聖剣《ラン》は必須《ひっす》。

あとは……。

立ち上がってうーん、と腕を組んで考えている私の前に、にゅっとエルヴィンが顔を近づけてきた。

「うわぁ、びっくりした！」

思わず飛びのくと、逆に私の声に驚いたエルヴィンが後ずさる。

そしてそんな自分を恥《は》じるように、ぶっきらぼうに口を開いた。

「これ、何がどうなってるんだよ」

うーん。どこまで説明すればいいかなぁ。

さっきからお兄様や聖剣ランと色々核心《かくしん》に近い話をしてるけど、断片《だんぺん》的に聞いてもどうなってるのか分からないよね。

まず黄金のリコリスから、魔力過多を直す薬が作れるってところからかな。

エルヴィンは何も知らないままついてきたけど、さすがにこの状態で何も知らせないというわけにはいかない。

口止めもしておかないといけないしね。

「そんな薬ができたら凄いじゃないか」

「うん。でもまだ誰にも言っちゃダメですよ」

「なんでだ？　凄い発見じゃないか」

「そうだけど、これから薬の開発をするわけだし、絶対にできるってわけじゃないから」

私はロバート先生が薬を完成させるって信じてるけど、それでも絶対はない。

それにロバート先生の功績を横取りしようとして、どこからか邪魔が入らないとも限らない。

「分かった。完成したら、お前も学園に通えるな」

二年後に学園へ入学するエルヴィンは、いつでもお兄様と遊べるようになると言って、学園に通うのをそれはそれは楽しみにしている。

学園は遊ぶところじゃなくて勉強するところだというのは置いておいて、私はこのままだといつ魔力過多の発作《ほっさ》を起こすか分からないから学園に通えないだろうという話をしたことがある。

そもそも小説のレティシアはお兄様が学園に入学する直前に死んでしまうし、物語の強制力のようなものがあったら、完治していない私が死んでしまう可能性はゼロではないと思ってた。

だけど、黄金のリコリスを使って薬が完成したら……。

そうしたら憧れの、学園生活が送れる。

お兄様と一緒には通えないけど、上の学年には勇者アベルとフィオーナ姫《ひめ》がいるはず。

つまり、小説の舞台《ぶたい》をこの目で見られるのである！

なんて素敵《すてき》なの！

その為には、何としても、黄金のリコリスを持って帰らないと。

私は、とりあえず黄金のリコリスをそのまま採取してみることにした。

黄金の花粉ごと一株すくってみると、なんと根っこが隣《となり》の花と繋がっていた。

軽く引っ張ると、隣の花の奥の花もこっちに動いてくる。

「もしかしたら、これ全部が繋がってる……？」

だとすると、この洞窟の中のリコリスはここに咲いている花全部で一株ってことになる。

こんなにいっぱい、どうやって持って帰ればいいの。

小説ではどうしてたっけ。

アベルにこの場所を教えてもらったロバート先生が取りに来たはずだけど、まさか根こそぎ持って行ったなんてことは……。

「それだけ持って帰りたいのか？　だったらこうすればいいだろ」

横にいたエルヴィンが、持っていた剣でリコリスの根を切ろうとする。

え、ちょっと。いきなり何するの？

ここにあるのは普通のリコリスじゃないんだってば！

「待って！」

制止もかなわず、エルヴィンが黄金のリコリスの根に剣を入れる。

ザクリ、と音を立てて断《た》ち切られた根は、私の目の前で瞬《また》く間《ま》に黒ずんで枯《か》れてしまう。

「な、なんだ!?」

驚くエルヴィンの横で、私は呆然《ぼうぜん》と目の前の光景を見つめるしかない。

まるで波のように、エルヴィンが切ったところから、連鎖《れんさ》するかのように黄金のリコリスが枯れていく。

金色の絨毯《じゅうたん》が、瞬く間に黒く侵食《しんしょく》されていくのを、ただ見つめるしかない。

「え……？　なんでだ？　だって義母上《ははうえ》のリコリスもこうやって持ってきたのに……」

エルヴィンの震える声が耳に入る。

私は、目の前の光景が信じられなくて、ただひたすらに立ちすくむしかない。

だって、こんなの原作には書いてなかった。

確かにどうやって切り取ったかとか書いてなかったけど、それでもこんな風に枯れてしまったなんて描写《びょうしゃ》は……。

私はおそるおそる手の平に目を落とす。

そこには一株だけ、黄金のリコリスが残っている。

良かった……！

本当に良かった！

でもこの一株だけで、魔力過多の特効薬が作れるんだろうか……。

やっぱり私は、学園に入学する前に死んでしまう運命なのだろうか。

「ごめん、レティシア。俺《おれ》は、とんでもないことを……」

謝るエルヴィンの声に応える気力がない。

私は思わずお兄様の姿を探す。

聖剣と一緒に隅《すみ》に行っていたお兄様が駆けてくるのが分かる。

「レティ！」

「お兄様……リコリスが……」

震える手でたった一株残った黄金のリコリスの花を差し出す。

お兄様は私の両手を包んでくれた。その温かさにホッとする。

「大丈夫だ。絶対に特効薬は作るから、大丈夫だよ」

……お兄様に言われると、希望が湧《わ》いてくる。

だってお兄様は、私には絶対に嘘《うそ》をつかないもの。

だから、だから……。

あふれる涙をそのままに見上げると、お兄様が美しい唇をきつく噛《か》みしめていた。

その時、急に足元が揺れた。

「まずい、洞窟が崩れる。外に出るぞ」

聖剣ランが、ひょいと私を後ろから抱《かか》え込《こ》んだ。

ランの後ろに、ガラガラと崩れていく洞窟が見える。

「急げ！」

お兄様が声をかけると、枯れた黄金のリコリスの中で膝《ひざ》をついていたエルヴィンも、イアンに手を引かれて立ち上がったのが見えた。

不安と期待に包まれながらやってきた道を、絶望とほんの少しの希望を覚えながら戻っていく。

入り口の、少し広い場所まで来ると、狭い通路はすっかり落石で埋《う》まってしまっていた。

黄金のリコリスの群生と一緒に。

「これだけしか、残らなかった……」

「これは我が預かっておく。枯らしはせぬゆえ、安心するがよい」

ランが手をかざすと、黄金のリコリスは消えてしまった。

大切なリコリスが——！

でも、見上げたランの顔は少しも焦《あせ》っていなかった。

それに聖剣だった時も、ランはずっと私を助けてくれた。

だから、お兄様だけじゃなくて、ランも信じる。

「うん。お願い」

「任された」

ランは私を見下ろしてフッと笑った。

「さて、このまま外に出ても良いが、ちとわずらわしいぞ」

「どういうこと？」

思わず聞き返すと、ランは何でもないことのように答えた。

「上で何やら人が戦っておる」

戦ってる？

もしかして、来る途中に襲《おそ》ってきた奴《やつ》らみたいなのがまた襲ってきた？

お兄様はすぐに氷の階段へ向かおうとした。

「待て。弓で狙《ねら》われておる」

「撃退するから問題ない」

「それよりも良い方法がある」

ランはにっこり笑って私を見下ろした。

「お嬢様の魔力を使って転移いたしましょう」

突然執事口調になったランは、私たち全員を地上に転移させた。


軽いめまいがする。

思わずつぶってしまった目を開けると、そこは戦いの場だった。

公爵家《こうしやくけ》とエルヴィンの連れてきた護衛たちが、正体不明の襲撃者《しゆうげきしや》たちと戦っている。

私はふわふわと飛んで来たモコを抱きしめて、辺りを見回す。

見る限り、多少の怪我《けが》はしているものの、殺された人はいないみたいで安心する。

「何があった」

お兄様の問いに、襲撃者と交戦していた護衛の一人が答える。

「いきなり攻撃《こうげき》を受けました。相手は手練《てだ》れかと思われます」

「応戦する。護衛たちはエルヴィンを守れ」

「承知いたしました」

そうだよね。なんといってもエルヴィンはこの国の王太子だ。

こんなところで何かあったら、ローゼンベルク家が責任を追及されてしまう。

無理やりついてきたなんて言い訳は通用しない。

幸い、襲撃者たちの中に魔法使いはいないみたいだ。

でも王都を出てすぐの襲撃の時も、魔法使いは隠れてた。

だから油断しちゃいけない。

お兄様は、すうっと目を細めて我が家の護衛たちに襲いかかっているものたちに向かって右手を掲げる。

「凍《い》てつけ」

まだ声変わりをしていないお兄様の少し高めの声が、冷たい響きを伴って襲撃者たちに向かう。

すると指の先から、鋭い氷の矢が放たれた。

そんなことをしている場合じゃないのに、その光景の美しさに見とれてしまった。

お兄様の白銀の髪が風にあおられ頬《ほお》にかかる。

アイスブルーの瞳《ひとみ》は、放たれた氷の矢よりも玲瓏《れいろう》とした冷たさをはらんでいた。

か……かっこいいです、お兄様！

思わず胸の前で手を組んで拝みそうになってしまったけれど、本当に今はそんなことをしている場合じゃない。

「ラン、あの人たちをどうにかできない？」

勇者じゃない私には、聖剣《せいけん》を手にして悪者を退治することなんてできない。

でもきっと、何かできるはず。

「我は人にあらず。ゆえに――」

「レティ！」

お兄様の声と同時に私へ飛んできた矢を、ランが腕ではらう。

本体が聖剣だからか、腕に当たった矢は、刺さることなく弾《はじ》かれていった。

「人の武器では我は傷つかぬ」

そう言ってランは唇《くちびる》の端を上げる。

「ああ、この喋《しゃべ》り方《かた》ではお主の側に置いておけぬとお主の兄に言われたのであった。なかなか執事の喋り方というのは難しい」

そう言いながらも、ランは片手で羽虫を払《はら》うように飛んでくる矢を叩《たた》き落とす。

「私が守れるのは契約者だけだが、聖剣の誇《ほこ》りにかけて決して傷つけさせたりはしない」

そしてお兄様に向かって声を張り上げた。

「お嬢様は私が守ります。セリオス様はご自分の身をお守りください」

「レティを頼む！」

そう叫んだお兄様は、降り注ぐ矢をよけながら、氷の矢を放って応戦する。

その時、お兄様の後ろにもう一人の襲撃者が。

手には長い杖《つえ》のようなものを持っている。

やっぱり魔法使いがいた！

「お兄様、後ろ——！」

振り返ったお兄様に風の刃《やいば》が襲いかかる。
お兄様は氷の盾《たて》でそれを難なく防いだ。
でもその魔法使いは囮《おとり》だった。
一人目の魔法使いの後ろから三人の魔法使いが現れる。
既に詠唱《えいしょう》は完成しているのか、三人は声を合わせて杖を天に掲げた。
杖の先から黒い風が巻き起こり、空の上でごうごうと音を立てながら黒く渦巻《うずま》く。
「嘘……。なにあれ……」
禍々《まがまが》しい真っ黒な塊《かたまり》が渦を巻きながら、空を覆うほどに大きくなっていく。
そして三人の持つ杖が同時に振《ふ》り下ろされた。
「お兄様！」
まるで黒い龍《りゅう》のようにも見える真っ黒な竜巻《たつまき》が、空からお兄様を襲う。
その衝撃《しょうげき》に耐え切れず氷の盾にひびが入り、パリンと不吉《ふきつ》な音を立てて割れてしまう。
竜巻は、狙い違《たが》わずお兄様の胸を貫《つらぬ》いた。
「いやあああああっっっっっ！」
お兄様は一瞬《いっしゅん》私のほうに顔を向ける。
私にだけ優しい色をたたえるアイスブルーの瞳が、私の姿をとらえて切なげに瞬く。

ごめん。

唇がそう呟《つぶや》いた気がした。

それから、ゆっくりとその体がくずおれていく。

まるで小説『グランアヴェール』で、ラスボスお兄様が勇者に倒《たお》された、あの最後の場面のように。

「お兄様――――っ！」

目の前が赤く染まる。

それはお兄様の体から流れる血なのか、それとも。

「あああああああああああぁぁぁぁぁっっ！」

体の中の魔力がどんどんふくらんでいく。

荒《あ》れ狂《くる》う嵐《あらし》のようなそれは、出口を求めさまよう。

お兄様が死んでしまった。

私の大好きなお兄様が。

こんな所で死ぬはずがないのに。

私がこんな所へ行きたいと言わなければ……。

そうすればお兄様は死ななかったはずなのに。

全部、全部、私のせい。
私さえいなければ――。
「娘、抑えよ！　魔力が暴走する。世界が滅《ほろ》ぶぞ！」
世界が……滅ぶ……？
でも、それなら……。
それなら……。
そうだ。
お兄様のいない世界なんて……。
滅んでしまえばいい。
そうして私は、体の中を渦巻く嵐を解き放った。
真っ赤な炎《ほのお》が、私を焼きつくす。
復讐《ふくしゅう》の炎とはよく言ったものだ。
それは敵だけではなく、味方も、国も、世界すらも飲みこんでいくだろう。
魔力が暴走しかかっているのを分かっていても、止められない。
止める気がない。
だってお兄様のいない世界に、一体どんな価値があるというの……。

『レティシア、ダメだよ。まだ彼は生きてる』

腕の中のモコが、炎に包まれながら私と目線を合わせて訴《うった》えかけてくる。

「嘘……。だって、あんなに血が……」

それにここにはあれだけの怪我を回復させられる人はいない。

あんなに深い傷、どんなに凄《すご》い回復術師にだって治せない。

『祈《いの》って』

「何を……」

『回復を祈って』

モコの黒い瞳に、絶望に包まれた私の顔が映る。

祈るだけでお兄様が助かるのなら、いくらでも祈る。

だから、お兄様を助けて！

『分かった』

腕の中のモコがプルプルと震える。

私の体の中で渦巻いていた魔力が、モコに触れているところから消えていくのを感じる。

暴走しそうだった魔力が鎮《しず》まっていく。

その分、腕の中のモコが重くなっていく。

そして――。

まばゆい光と共に、腕の中の毛玉が飛び出していった。

追いかけようとした私を、ランが止める。

「今はモコに任せよ」

お兄様のところまで行ったモコの姿は、手足と耳としっぽが生えて、毛玉というよりは小さな犬のような生き物に見える。

モコはその場で全身から光を放った。

すると……。

「お兄様！」

私は思わずランの腕《うで》から飛び出し、お兄様のもとに駆け寄る。

そして投げ出された手を取ると、脈を計る。

トクリ、と指先に伝わる振動《しんどう》。

「……生きてる……」

私の呟きに呼応したように、お兄様の目がうっすらと開く。

「レティ……」

「お兄様！」

思わず抱きつくと、お兄様は私を抱えこんで横に転がった。

今までいた場所を見ると、地面がえぐれている。

そういえば魔法使いがまだいる！

「ラン、魔法使いを排除して！」

私はすぐにランに命令をする。

「仰《おお》せのままに、お嬢様」

執事服《しつじふく》を翻《ひるがえ》らせながら、ランが魔法使いたちのもとへ走る。

再び私たちを攻撃しようとしていた魔法使いが、杖をランに向ける。雷《かみなり》がランを襲うけれど、ランはそのまま魔法使いに向かって行く。

さすが聖剣。魔法攻撃も無効にするんだ。

さっきお兄様を攻撃した三人の魔法使いたちも再び詠唱を揃《そろ》えて攻撃しようとしてるけど、それよりもランの方が早い。

ランが腕を振ると、まるで剣で攻撃したかのように首と胴《どう》が離れ……。

私は慌《あわ》てて視線を逸《そ》らし、お兄様の怪我の様子を見た。

お兄様が着ていた服の、胸元《むなもと》のあたりがざっくりと切られている。

でもそこから覗《のぞ》く肌《はだ》はなめらかで、傷一つない。

モコが全部回復してくれたんだ。

「ありがとうモコ」

「モコ？」

お兄様は不思議そうにモコを見る。

毛玉がいきなり小型犬になってるから、びっくりするよね。

……っと、それどころじゃない。

「お兄様、危ない！」

お兄様が助かったのに安心してたけど、まだ戦いの最中だった。

お兄様の腕の中から、剣を振りかぶる黒ずくめの男が見える。

「この死にぞこないがっ！」

「凍てつけ」

でもお兄様は慌てずに魔法を放った。

男は一瞬で全身を凍《こお》りつかせる。

お兄様は私を抱きしめたまま起き上がって、護衛たちに守られているエルヴィンたちと合流した。

「セリオス、大丈夫か⁉」

心配そうなエルヴィンの顔色は悪い。

守られているだけの自分に不甲斐《ふがい》なさも感じているのだろう。

「モコに助けられた」

エルヴィンが、私の足元にいるモコに目を向けて「これがモコ……？」と信じられなそうに呟いている。

そして突然髪の毛をかきむしりだした。

「あー、もう、色々ありすぎて何がどうなってるのか、さっぱり分からんっ。いいか、後でちゃんと説明しろよっ」

「敵をせん滅《めつ》してからなら」

お兄様はそう言うと、騎士《きし》たちの間から攻撃魔法を繰《く》り出す。

冷たい氷の刃が、今までよりもずっと威力を増して敵を襲った。

お兄様の加勢で、押されていた護衛たちは勢いを取り戻した。

魔法使いたちを倒したランも戦闘に加わると、勝負はあっけなくついた。

尋問《じんもん》の為に残した数人以外は、皆事切れている。

安心した私は、緊張がゆるんだのか、そのまま気を失った。

第九章 最愛の妹（セリオス視点）

弟か妹が生まれるのだと聞いた時から、その日が待ち遠しくて仕方がなかった。

母は生まれてくる赤ちゃんの為にレースのおくるみを編み始め、父はそんな母を優しく見守っていて……とても、とても、幸せだった。

でもお腹《なか》が大きくなるにつれ、母はベッドから起き上がれなくなってしまった。

それと比例するように、父の表情も暗くなっていく。

そんなある日、両親が口論をしているのを聞いてしまった。

いつも仲の良い二人が喧嘩《けんか》をするのを見るのは初めてで、僕は咄嗟《とっさ》に扉《とびら》の陰に隠れた。

「だめだ、エミリア。医師から君の体がもたないと言われた。残念だが子供は諦《あきら》めよう」

「絶対に嫌。だってあなたと私の子供なのよ？　それに分かるの。この子はこの世界に必要な子なのよ」

「世界よりも君が大切なんだ」

「大丈夫よ、エルンスト。私が丈夫なのはあなたも知っているでしょう？　私も、子供も、絶対に死なないわ」

「エミリア……」

そう言っていた母だけれど、体調は悪くなる一方で、どんどんやつれていってしまう。

見守る父は、母の前では平気な振りをしていたけれど、家令から酒量が増えていると心配されていたのを知っていた。

そして運命のあの日。

母の部屋からは、今まで聞いたことのないような、父の慟哭《どうこく》が聞こえてきた。

医師の手招きで部屋に入ると、ベッドの上には眠ったままの母がいて、取りすがって号泣《ごうきゅう》している父が見えた。

その横には沈痛《ちんつう》な面持《おもも》ちの回復術師様がいる。

公爵家の権力と財力を惜《お》しみなく使って招いた、高名な方だ。

「お母様……」

そっと反対側から近づくと、いつも頭をなでてくれた優しい手は、僕が握《にぎ》っても握り返してくれなかった。

もうその命が尽きているのだと、誰《だれ》に言われずとも分かった。

回復術師様が必死に回復魔法《まほう》をかけてもダメだったのだろう。

じわじわと悲しみが襲ってくる。

けれど父のように声を上げて泣くことはできなかった。

なぜかその時は、父の嘆《なげ》きを邪魔してはいけないと思ってしまったのだ。

声を殺し、肩《かた》を震わせ、ただ目を開けぬ母を見つめる。

どれほどの時が経《た》っただろうか。

僕は生まれた赤ちゃんはどうなったのだろうかと、この場にいる誰一人として意識を向けない、見捨てられた揺りかごの中を見てみた。

そこには、母によく似たピンクブロンドのふわふわとした髪の毛を持つ赤ちゃんがいた。

髪と同じ色のまつ毛に縁どられた目はしっかりと閉じていて、泣き声一つ上げない赤ちゃんは、小さな手をぎゅっと握ったままピクリとも動かない。

ああ、この子もきっと母と同じで儚《はかな》くなってしまったのだろうと思いながら震える手を伸ばすと、驚くことに、弱々しいながらも小さな手が僕の指をつかんできた。

「先生！」

慌てて先生を呼ぶと、医師が僕の指を握る小さな手を見て驚いた。

そして急いで控《ひか》えていた回復術師様を呼ぶ。

回復術師様はすぐ赤ちゃんに回復魔法をかけてくれた。

それでも赤ちゃんは泣き声を上げない。

どういうことだろうと先生を見ると、先生は難しい顔で赤ちゃんを見た。

「原因は分かりませんが、どうやらこの子は仮死状態にあるようです」

「仮死状態？　それはどういうことですか？」

「肉体的には生きている状態と言えますが、このままずっと目覚めない可能性も……」

「でも僕の手を握ってくれているんです」

号泣している父に聞こえないように小さな声で喋る先生に、僕は思わず反論した。

だってこの小さな手には確かなぬくもりがある。

このまま死なせてしまうことなんてできない。

「原始反射があるので望みはあると思いますが……断言はできません」

後で知ったが、原始反射というのは赤ちゃんが生まれつき持っている反射で、その反応がある場合は回復の望みがあるのだという。

ただ意識して行動しているわけではなく、生理的な反射に過ぎない。

それがただの生理的な反射による反応だったとしても、僕に一縷《いちる》の望みをいだかせるのには十分だった。

「絶対に目覚めます」

母は自分の命が危険だと分かっていても、この子を産む決心をした。

父も母も、そして僕も、こんなにもこの子が生まれるのを楽しみにしていたんだ。

どんなに高名な医者も、どんなに優れた回復術師も、僕が必ず呼んであげるから。

だから絶対にこのまま死なせたりはしない。

生まれた子は妹で、母が生前に考えていた「レティシア」という名前がつけられた。

それから僕は母の死のショックから立ち直れない父の代わりに、レティシアのために、回復魔法が使えて、なおかつ医師の資格を持つものを必死に探した。

幸い、ロバート先生という回復魔法に優れた方に主治医をお願いできた。

子供の闘病《とうびょう》のために職を辞して看病に専念していたが、その甲斐なく亡《な》くなってしまったらしく、喪《うしな》った子の代わりのように懸命《けんめい》にレティシアの治療に取り組んでくれた。

けれどもレティシアの目が開くことはなく、ただ回復魔法で命を繋《つな》ぐ日々。

まだ母の死から立ち直っていない父がレティシアの容態を見に来ることもなく、僕だけが毎日レティシアの部屋を訪れていた。

父の代わりに家令に教わりながら執務《しつむ》をするのは、さすがにきつかった。

幼い頃から天才だと賞賛されていても、その時の僕はまだ六歳だったからだ。

それでも父が使い物にならない以上、僕が頑張るしかない。

そんな日々の中で、レティシアの顔を見ることだけが唯一《ゆいいつ》の癒《いや》しだった。

でもレティシアの目が開くことはなく、さすがにもう諦めなくてはいけないのかと思い始めた頃――。

突然レティシアの体が輝いたかと思うと、ピンクブロンドのまつ毛が震え、その下から綺《き》麗《れい》な紫色の瞳が現れて僕を見つめた。

目覚めた妹の姿に喜ぶ間もなく、レティシアはすぐに苦しみだした。

ロバート先生に診《み》てもらうと、魔力過多の発作だという。

魔力過多というのは、体内の魔力が多すぎて体が耐えられなくなってしまう病気だ。

魔力は成長と共に増えていく。

生まれてすぐに発作を起こすほどの魔力を持つとなると、増えていく魔力に体が耐え切れず、成人する前に命を落としてしまう。

一度は目覚めたはずのレティシア――レティだが、その後何度も魔力過多の発作を起こした。

しかも僕が見舞いに行くとなぜか発作を起こす確率が高くなってしまうので、遠くからそっと見守るしかない。

何度も発作を起こすうちに、レティの体力はどんどん失われていく。

「このままではレティシア様の体力はもたないでしょう」

主治医のロバート先生は、青白い顔のレティを治そうと必死に努力してくれたが、それでも限界がある。

このままではいつかレティも死んでしまう。

ロバート先生から、最近の研究によるとドラゴンの住処《すみか》にいる毛玉が魔力を吸収する性質を持つのが分かったので、もしかしたらレティの回復に役立つのではないかと提案された。

他に有効な手段があるわけではなく、藁《わら》にもすがる思いで、父の代理として公爵家の権限をたっぷり使って依頼《いらい》を出した。

ドラゴンを倒すのではないとはいえ、その住処から毛玉を持って来るには相当な手練れが必要だ。

冒険者ギルドでも相当な実力者のパーティーを複数雇《やと》い、やっと一匹《ぴき》の毛玉を入手できた。

さっそくレティに与えてみると、魔力過多の発作《ほっさ》が起きそうになっても、本当に毛玉が魔力を吸収してくれて発作が起きない。

毛玉の入手が難しいとはいえ、今までまったく治療法《ちりょうほう》のなかった魔力過多という病気に対して、画期的な発見だった。

ロバート先生の喜びようは凄く、なんと涙まで流していた。

ある程度の発作であれば毛玉が抑えてくれるのが分かったので、僕は思う存分可愛《かわい》い妹と触れ合えた。

母を亡くし、父もあの状態なので、身近な家族は僕しかいない。

だからだろうか。レティは小さな体全体で僕への愛情を示してくれた。

小さな手が僕に伸ばされ、柔《やわ》らかく甘い香りがする体を抱きしめると、心が幸せで満たされた。

母が亡くなってから止まっていた時間が、少しずつ流れていくようだった。

幸せが、ピンクブロンドの髪を持つ天使の形を取って訪れてきた。

レティが初めて僕を呼んでくれた時には、公爵代理として働く辛《つら》さも吹き飛ぶほどだった。

しかし、いくら僕が年の割には優秀だといっても、まだ子供だ。

レティの為にも、そろそろ父には立ち直って欲しい。

それにこんなにも可愛らしいレティの姿を一度でも見れば、きっと父もレティの為にと母の死を乗り越えてがんばってくれるに違いない。

今さらどんな顔をして娘《むすめ》に会えばいいのか、などと言っていた情けない父の背中を押してレティに会わせると、予想どおりに父はレティを溺愛《できあい》した。

当然だ。

レティはこの世界の誰よりも可愛いのだから。

ただ毛玉のおかげで発作が少なくなったとはいえ、完治したわけではない。

それからも大きな発作は何度もあった。

しかも僕がそばにいる時に起こる確率が高い。

「レティは僕といる時の方が発作を起こしやすいと聞いた。……もう、会わない方がいいのかな……」

思わず漏《も》れてしまった弱音に、レティがつたない言葉で必死に反論する。

「レチーはにーたまがだいしゅきです。毎日会いたいでしゅ！」

そして全身でしがみついてくると、恐《おそ》る恐るといった様子で僕の顔を見上げる。

「にーたまはレチーが嫌いでしゅか？」

「そんなこと、あるわけないだろう。でも……」

「だいじょぶでしゅ。もうたおれまちぇん」

なぜか自信を持っているレティだったけれど、僕は一度手にした幸福を失うのが怖かった。

　こんな小さな子供に弱音を吐くなどいつもの自分だったら考えられなかったけれど、言わずにはいられないくらい、臆病《おくびょう》になっていた。

「お母様に続いてレティまで喪ってしまったら僕は……」

「ちにまちぇん！　絶対でしゅ！」

　レティには何か確信があったのだろうか。

　そのやり取りの後は、比較的《ひかくてき》穏やかな日々が続いていた。

　しかしある日を境に、父の様子がおかしくなっていった。

　あれほど溺愛していたレティに、あまり興味を持たなくなってしまったのだ。

　そして父の異変を見計らったように、父の後妻を狙う侍女《じじょ》のミランダの企《たくら》みで、危《あや》うくレティが殺されそうになった。

　かろうじて命はとりとめたものの、屋敷の中にそのような者がいるので気が休まらない。

　結論として、父のおかしい態度は、ミランダに盛られた魅了《みりょう》の薬のせいだった。

　モコが解毒《げどく》してくれたが、すぐには回復しない。

　だから、僕が、この命に代えてもレティを守るのだと誓《ちか》った。

　レティは僕の光だから。

そんなレティは「お守り」という物を発明した。

モコの毛と特別な針を使って作っているらしいのだが、盗賊《とうぞく》に襲われて瀕死《ひんし》だった父をあっという間に回復するなど、その効果は恐ろしい程で、下手な魔法よりもよほど効き目があった。

お守りのおかげで、我が家に害なす奴らは屋敷に入れなくなり、どこよりも安全な家となった。

そしてレティは精霊《せいれい》の一種だったというモコから、魔力過多を治療できるかもしれない花があるのを教えてもらった。

王宮で王妃《おうひ》が育てている、リコリスという花がある。王宮で咲《さ》いているのは白に赤い縁取りのリコリスだが、黄金色《こがねいろ》に輝く花は魔力過多の特効薬になるというのだ。

それを聞いたロバート先生が、黄金色ではなくてもリコリスに魔力過多を抑える効き目があるのではないかと考えて研究した結果、あまり大きな発作でなければ防げることが判明した。

魔力過多の発作で娘を亡くした先生の悲願——魔力過多の治療という目標の達成に、大きく貢献《こうけん》する発見だった。

しかし魔力過多を完治させるためにはまだ足りない。

やはり黄金のリコリスが必要だ。

そしてそれはモコの言葉を信じるのなら、当家の侍女であるミランダの故郷に咲いているらしい。

レティや父を害そうとした疑いが濃厚であるミランダの故郷に行くというのはとても危険だったが、黄金のリコリスが手に入るのであれば、危険を承知で行くしかなかった。

レティを連れて行かずに済むならその方が良かったのだけれど、花の咲く洞窟《どうくつ》は近くにモコが行かないと分からないらしく、一緒に行くしかなかった。

僕がレティを守ればいい。

そう思って出発の準備をしていたら、なぜかエルヴィンが一緒に行きたいという。

しかも側近候補のイアンと一緒に。

エルヴィンもイアンも、剣技に優れ、その年齢にしては強い。

だがあくまでも「その年齢にしては」だ。

僕のように魔法に特化していればまだ戦力になるが、直接相手と剣を交えるとなると厳しい。

だから同行は断ったのだが、エルヴィンは聞く耳を持たなかった。

こうなったエルヴィンは自分を曲げない。

仕方がないので同行を許可したが、王都を出てすぐに敵に襲われた。

あの動きは明らかに騎士で、狙いはエルヴィンだった。

僕の可愛くて賢くて有能なレティのお守りのおかげで難なく撃退できたけれど、何もなかったら危なかった。

もしかしたらレティシアは天から授《さず》けられた勝利の女神《めがみ》なのかもしれない。

ああ、だから魔力過多でその命を奪《うば》って、神々が天に取り戻そうとしているのだろうか。

絶対にそんなことはさせない。

必ず黄金のリコリスを見つけてみせる。

◇◇◇◇◇

そして黄金のリコリスは見つかった。

なぜか執事の姿に変化した聖剣などという余計なものがレティにくっついてきたが、じっくり話し合った結果、執事としてレティに仕えるなら許すことにした。

聖剣といえど、本体は剣。

極限まで凍らせて砕《くだ》いてしまえばどうということはない。

消滅《しょうめつ》はしたくないのか、レティにランという名前までつけてもらった聖剣は、偉《えら》そうな物言いを改めて執事らしく振舞《ふるま》った。

そろそろレティにも専属の執事をつけてあげたいと思っていたからちょうど良かった。

聖剣というからには、そこら辺の護衛よりも強いだろうから、安心してレティを任せられる。

人型の時は契約者以外を守れないという制約があるらしいが、僕は自分で自分の身を守れるのだから、レティさえ守ってくれればいいと思っていた。

黄金のリコリスがあった洞窟から戻ると、待機していた護衛たちが戦っていた。

王都を出てすぐに襲《おそ》ってきた騎士のような統制された動きではないが、手練れだ。

非合法な暗殺に手を染める、闇ギルドのやつらかもしれない。

それでも聖剣であるランの縦横無尽《じゅうおうむじん》な働きと、僕の魔法があれば負けることはないと思っていた。

「応戦する。護衛たちはエルヴィンを守れ」

だがそれは驕《おご》りだった。

一対一の戦いであれば負けるはずのない実力差だったけれど、魔法使いたちは一人を囮にして僕の目を逸らしている間に三人で魔法を練り上げ、強大な魔法を放とうとしていた。

大きな竜巻が渦を巻いて僕を襲う。

今までどんな攻撃《こうげき》も受け止めてきた、氷の盾にひびが入った。

「お兄様！」

レティの悲鳴が聞こえる。

レティ、レティシア、僕の光。

君を守ると誓ったのに、もう、叶《かな》わない。

最後にレティの顔を見たくて視線を巡《めぐ》らす。

白い毛玉を抱いた僕の最愛の妹は、大きく目を見開いて竜巻に胸を貫かれた僕を見ていた。


ごめん。

守れなくてごめん。

でもきっとあの聖剣《せいけん》が、レティだけは助けてくれるだろうと思う。

それだけでも良かった。

レティ、僕の光。

どうか、どうか幸せに……。

けれど死んだと思った僕は生きていて、代わりにレティが倒れてしまった。

命に別状はないようだけれど、一向に目を覚まさない。

僕たちは襲撃者《しゅうげきしゃ》たちを全員倒してから、近くの村へレティを運んだ。

小さな村には宿屋もなく、仕方がないので村長の屋敷の一室を借りることになった。

レティの作った「敵は外」のお守りを部屋の入り口に貼り、敵対する者は入れないようにする。

◇　◇　◇　◇　◇

翌日もレティの目が覚めなかったので、エルヴィンは護衛たちと一緒に王都へ帰らせた。

エルヴィンはだいぶゴネていたが、このままここにいても何の役にも立たないどころか、足手まといになる。

はっきりそう言うと、悔《くや》しそうにしながらエルヴィンはローゼンベルク家の護衛たちも連れて村を出た。

王太子の護衛にしては数が少ないが、この先の街には手紙を送ったので、途中からは騎士団が守りに就《つ》くだろう。

僕たちは、その騎士団が戻ってくるまでここで待っていればいい。

レティのお守りと、聖剣のランがいれば安全だ。

眠り続けるレティを、僕とランが交代で見守る。

レティのそばから離《はな》れないモコは、眠り続けて食事もとれないレティを、ずっと回復してくれているようだった。

僕を死の淵《ふち》から救ってくれたのも、モコだ。

「それにしても、ずいぶん姿が変わったね」

小さな毛玉から少し大きな毛玉に成長したのも驚いたけど、今の姿は手足がしっかりとしているので、よく見ると小型犬というよりは大型犬の子供のようだ。

「フェンリルだからな」

知らなかったのか、という顔で言われて、僕は思わずランを見る。

「モコがフェンリル……？」

白い子犬のようなモコが、あのフェンリルだって？

山のような大きさで、神獣《しんじゅう》とも災害とも呼ばれる魔物。

このモコが、そんな恐ろしい姿になるのだろうか。

「まだ幼体といったところだが。山のような大きさになるには、もっとたくさんの魔力を必要とするだろう」

「いずれはそうなるかもしれないのかい？」

「レティシアの魔力はかなり多いから、可能性はある。だがそこまで育てば、自在に大きさを変えられると思うぞ」

ああ、それなら良かった。

レティはモコを可愛がっているから、山のような大きさになったモコと遊べないのを悲しむだろう。

「そもそも毛玉は魔力を与えてくれるものの望む姿になる。戦いを願うならドラゴンに。癒しを願うならフェンリルに」

「毛玉がドラゴンに⁉」

そんな話は初めて聞いた。

大発見なのではないだろうか。

あまりの驚きに言葉を失っていると、ベッドから小さな声が聞こえて、レティがその美しい紫色の目をゆっくり開けるところだった。

第十章

勇者の村

目が覚めたら、目の前にこの世の物とは思われぬ絶世の美貌《びぼう》がありました。

あれ？　これって前にもあったような……。

そうだ。この世界で初めて目が覚めた時と同じだ。

けぶるような銀色のまつ毛の下のアイスブルーの瞳《ひとみ》が真《ま》っ直《す》ぐ私を見つめている。

ああ、神様。ここは天国ですか……？

「レティ、目が覚めたのかい」

名前を呼びかけられて、お兄様に魅了されていた私は、ハッと我に返った。

「お兄様、怪我《けが》は――」

思いっきり起き上がろうとしたけど、起き上がれない。

でも伸ばした手は、しっかりお兄様がつかんでくれた。

そしてぎゅっと抱きしめられる。

「良かった……。本当に良かった」

耳元で聞こえる声が震えていた。

お兄様、それは私のセリフです。

「お兄様も大丈夫なのですか？」

モコが助けてくれたといっても、死にそうなほどの怪我を負っていたのには変わりがない。

私はお兄様から少し離れて、その体をペタペタと触って無事を確かめる。

柔らかい微笑《ほほえ》みを浮かべているお兄様は、私のされるがままになっていた。

「レティとモコのおかげで、傷一つないよ」

お兄様はそう言ってベッドの横にいるモコを持ち上げて私の膝《ひざ》の上に置いてくれた。

白いまん丸の毛玉だったモコは、耳としっぽと足が生えて、まるで子犬のような姿になっていて更に可愛くモフモフになっている。

犬種で言うと、ポメラニアンかな。ただ、しっぽは狐《きつね》に似ていて魅惑《みわく》のモフモフになっていた。

え、何この手触り。

一生モフモフできそうなんですけど。

「モコ、ありがとう」

モコの頭をなでてあげると、しっぽが揺れた。

相変わらず無口だけど、これからはしっぽを見るとモコの気持ちが分かりやすくなりそう。

「お兄様にお怪我がなくて本当に良かったです」

大理石でできたような白く滑《なめ》らかなお兄様のお肌に、傷が一つでもついたら全世界の損失だもんね。

本当にモコのおかげです。

ありがとうありがとう！

「レティの方が魔力暴発を起こして大変だったんだよ」

いや、だってあの時は、お兄様が死んでしまったのかと……。

だからお兄様がいないこの世界なんて、滅《ほろ》んでしまえばいいと思った。

その気持ちは今も変わらない。

だってお兄様より大切なものなんて何もないもの。

たとえお兄様がラスボスになってしまったとしても、私は世界よりお兄様を取る。

……これってもしかして、私も物語の悪役っぽい考え方になっちゃってるかも。

もし万が一お兄様がラスボスになってしまったら、私はラスボスの妹としてお兄様を支えよう。

もちろん、お兄様をラスボスにしないのが一番なんだけどね。

「その魔力でモコがフェンリルに進化して僕を助けてくれたんだ」

「フェンリル？」

フェンリルってあの、神獣とも呼ばれているフェンリル？

そこから先の説明は、聞いたことのない話だった。

高い魔力のある場所で発生する毛玉は、言うなれば卵のようなもので、魔力を与えるとドラゴンかフェンリルに進化するらしい。

強さを求めるならドラゴンに。

癒しを求めるならフェンリルに進化する。

ただし途方《とほう》もない魔力を与えないと進化しないから、ドラゴンくらいしか毛玉を進化させられない。

そしてドラゴンは癒しなんか求めないので、毛玉はドラゴンにしか進化しない。

つまりモコは今この世界で生きている、唯一のフェンリルになるのだそうだ。

あんなちっちゃい、まっくろくろたろうの白バージョンみたいな子が、まさかフェンリルの卵だったなんて……。

小説を読んでいてこの世界のことをある程度知ってるつもりだったけど、まだまだ知らないことも多いんだなぁ。

そうだよね。

だって本来は勇者アベルが手に入れるはずだった黄金のリコリスだって、もう手に入れてしまったんだもの。

ロバート先生にお願いして特効薬が作れれば、もう魔力過多で命を落とす子供はいなくなるはず。

と、そこで思い出した。

エルヴィンが思い切りよく黄金のリコリスの根を切ってしまったせいで、手元にあるのはたった一株だ。

一応ランが保管してくれてたはずだけど、もっと増やせるのかな。

部屋の中を見回してランを探すと、驚いたことに部屋の隅《すみ》で気配を隠して立っていた。

あんなに自己主張が激しかったのに、どうなってるの？

「お嬢様《じょうさま》、水をどうぞ」

しかも完璧《かんぺき》な執事になってる！

私は呆然《ぼうぜん》としながら、ランからコップに入った水をもらった。

あ、冷たくておいしい。

「セリオス様が冷やしてくださいました」

しかもお兄様を「様」づけで呼んでる。

どういうこと――？

どうやらお兄様は、契約者じゃないのにもかかわらず聖剣を服従させちゃったみたい。

さすがお兄様。

三日間ほど私が眠っている間に、ランは完璧な執事になっていた。

「ラン、黄金のリコリスなんだけど、枯《か》れてはいない？」

「ええ。完璧な状態で保管してあります」

敬語を使う聖剣に、違和感《いわかん》しかない。

今までの不遜《ふそん》な態度のほうがいいってわけじゃないけど、でも聖剣らしくないというかなんというか。

いっそ聖剣じゃなくてランという人間もどきだと思えば、話をするのにも慣れてくるのかなぁ。

「もっと数を増やせそう？」

「もちろん。セリオス様に温室があるとうかがったので、私がお世話させて頂きます」

「そ、そっか。なら安心だね」

そうだ。聖剣だと思うから違和感があるのよ。

これは聖剣じゃなくて、お兄様に忠誠を誓う執事のランだと思えばいいんじゃないかな。

はっ。これってもしかして、お兄様推《お》しの同担仲間⁉

それなら仲良くできそう。

「そういえば、襲撃者たちはどうなったんですか？」

ちょっと気分が軽くなった私は、モコをなでながら、気を失った後どうなったのかを聞いてみる。

お兄様たちが撃退したのは確かだろうけど、誰が襲ってきたのか分かったんだろうか。

「暗殺専門の傭兵《ようへい》集団だったみたいだね。生き残りはエルヴィンたちがこの先の街まで連行しているよ」

お兄様によると、生き残った者たちはここの領主であるヘル子爵《ししゃく》の依頼だって証言してるみたいだから、後のことはお父様とお兄様にお任せしようと思う。

きっとこれでヘル子爵家はお取り潰《つぶ》しになってしまうだろうから、小説でお兄様に意地悪ばかりしていたミランダ・ヘルがお父様の後妻になる未来もなくなって良かった。

お兄様がいてフェンリルになったモコがいて、そして聖剣ランがいる。

魔力過多の特効薬もできそうだし、学園に入学する前に私が死んでしまう未来は避《さ》けられたはず。

小説とは全然違う展開になったけど、これでお兄様がラスボスになって勇者に倒《たお》される未来はない。

良かったぁ。

「勇者といえば……この村にいるんじゃないっけ」

もし琥珀色《こはくいろ》に金が混じる珍しい瞳を持つ少年がいたらビンゴなんだけど、いるのかな。

気になった私は、村長に話があると言ってお兄様が部屋を出ていったあとに、ランに確認してみた。

「ああ、以前お嬢様がおっしゃっていた子供ですか？　大地の女神レカーテの祝福を受けた子供は見当たらないですね」

確かアベルは村のはずれに母親と一緒に住んでいたはず。

父親は出稼《でかせ》ぎで傭兵のようなことをしていて、あまり家にはいなかった。

って、傭兵……!?

もしかして私たちを襲撃してきた中にアベルの父親がいたりしないよね。

さすがに暗殺専門の傭兵集団には入っていないと思いたい。

心配になって、こっそりランに調べてもらった。

そしてアベルの父親は暗殺集団の一員じゃなかった。

良かった〜。

でもやっぱり小説の主人公だしラスボスお兄様を倒す敵だし、とっても気になる。

私は体調が戻ってから、お兄様のいない時にランとモコと一緒にこっそり様子を見に行ってみた。

アベルの生家は、村のはずれにポツンと建っていた。

小さいけれど手入れの行き届いた赤い屋根の家で、庭には白に金の縁取りのリコリスの花が咲いていた。

ん？

白に赤の縁取りじゃなくて、金の縁取り？

「ラン、どうしてあのリコリスは白と金なの？」

私が指摘《してき》すると、ランは初めて気がついたというように、リコリスに目を向けた。

「私の魔力《まりょく》が漏れ出て変異したのかもしれませんね」

本来のリコリスの花は白に赤い縁取りがある。

でもここに咲いている花はランの魔力の影響を受けて、金色の縁取りに変わっていた。

「そっか。だからアベルは魔力過多でも死なずにすんだんだ……」

私と同じ魔力過多なら、小さい頃から発作に苦しめられたはずだ。

そして成長すればするだけ、その発作はひどくなる。

私の場合はモコやラン、そして発作を抑える飴《あめ》を開発してくれたロバート先生がいた。

だから何とかなったけど、本来であれば私はベッドから起き上がることもできず、学園に入学する前に発作で死んでいた。

アベルだってそうなるはずだった。

でも小説では、確かにアベルは発作を起こすことがあったけど、一晩寝たら治っていたっていう描写《びょうしゃ》があった。

私と違って、祝福された勇者だからなんだろうと思ってたけど、ランが言うにはまだ祝福を受けてはいない。

なのにどうして魔力過多の発作を抑えることができたんだろうと不思議だったけど、黄金のリコリスもどきがあるんだったら納得《なっとく》だ。

きっとこの花の影響で、発作を抑えられているからに違いない。

アベルが聖剣と出会うはずの大きな魔力過多の発作を起こすのは、小説で私が死ぬのと同じ頃だけど、私が聖剣の契約者になってしまった以上、聖剣の力で発作を抑えることはできない。

でも黄金のリコリスが手に入ったから、アベルが発作を起こす前には治療薬が完成するはず。

だから大丈夫だよね。

「あとは聖剣の代わりをどうするか……」

「それなら――」

何か言いかけたランが、急に口をつぐんで近くの木に私を連れて隠れた。

もしかして、と思いながらドキドキして小さな家のドアを見ていると、そこから栗色《くりいろ》の髪の少年が現れる。

素朴《そぼく》で清潔そうな服を着た少年は、家の中に向かって「マリアと遊んでくる」と言ってからドアを閉めた。

そして弾《はず》むような足取りで村の方へと走っていく。

ここからはよく見えないけど、少年の瞳は琥珀色で、そこに金が混じるような特別な色をしてるのだろう。

彼が、小説『グランアヴェール』の主役、勇者アベルだ。

もちろんここが小説『グランアヴェール』の世界なのは確かで、ラスボスになるはずだ

ったお兄様とか王太子のエルヴィンとかの登場人物が実在しているのは理解してた。

でも、こうして目の前にいる主役のアベルの存在は、私により一層、ここが小説の世界だということを実感させた。

お兄様の親友になり、お兄様の婚約者《こんやくしゃ》を奪い、お兄様を殺す勇者アベル。

小説の大ファンだった私は、主人公を見られて嬉《うれ》しい気持ちと、あの少年がいつかお兄様を殺してしまうのではないかと恐れる気持ちがごちゃ混ぜになってしまう。

いずれアベルは勇者としてお兄様の前に現れる。

その時に、二人の関係はどうなるのだろう。

そして魔王討伐《とうばつ》は——。

◇　◇　◇　◇

アベルとは、結局ちゃんと顔を合わせないまま、私たちは王都へ戻った。

今のうちにお兄様とアベルが仲良くなったほうがいいのかなとも思ったけど、村長の息子とかならともかく村のはずれに住んでる子だから、とにかく接点がなかったのよね。

残念だけど、勇者として覚醒《かくせい》したら王都にやってくるだろうから、その時に仲良くなれればいいなぁ。

その前に、魔力過多が完治する治療薬を作らなくちゃいけないんだけど。

とりあえずランが保管してくれた黄金のリコリスは温室で育っている。

根っこから芽が出て増えていく性質らしく、ランの魔力を浴びて順調に数が増えていっている。

ロバート先生はさっそくその花粉を使って、色々と研究を始めたようだ。

お薬の完成まで、がんばってくださいね！

◇◇◇◇◇

「レティ、また絵を描いているの？」

「見てくださいお兄様。黄金のリコリスとお兄様です」

ドヤ顔で見せたのは、金色の野に降り立つ青き衣……ではなく、黄金のリコリスの花園《はなぞの》でたたずむ麗《うるわ》しのお兄様の絵だ。

信者にとって推しの絵は、崇拝《すうはい》の対象であり、命の源である。

もちろん私には、実物のお兄様をすぐ横で見られるという幸運が与えられている。

でも四六時中べったり一緒というわけにはいかない。

いや、もちろん私は大歓迎《だいかんげい》なんだけど、公爵家の嫡男《ちゃくなん》であるお兄様には座学とか剣術の稽古《けいこ》とか色々あるから、それは不可能だ。

そこでお兄様の絵を肌身《はだみ》離さず持っていようと思ったんだけど……。

レオナルド・ダ・ヴィンチかミケランジェロなら何とか及第点《きゅうだいてん》を取れそうだけど、中世ヨーロッパの肖像画《しょうぞうが》みたいな重厚《じゅうこう》な雰囲気《ふんいき》の絵では、お兄様の素敵《すてき》さをうまく表現できなかった。

そこで、自分で描いてみることにしたのだ。

前世でもちょこっとだけファンアートらしきものを描いたことはあるけど、ちゃんとした絵を描いたことはない。

だけど推しに捧《ささ》げる愛のためには、どんな努力も惜《お》しまないのが真のファンというもの。

そう思った私はこの世界で目覚めてからずっとお兄様の絵を描き続けてきた。

いわばお兄様の絵のマイスターである。

もちろん最初は鉛筆《えんぴつ》も持てなかったからクレヨンからのスタートで、あんまりうまく描けなかった。

でも描けば描くほど絵は上手になっていって、お兄様の素晴らしさを少しずつ表現できるようになると、描くのが楽しくなってきた。

やがて鉛筆での素描《そびょう》に慣れてきてからは、もっぱら水彩画《すいさいが》を描いている。

鉛筆で描いた線に薄く絵の具で色をつけていく作業は、なんていうか、白と黒だけのお兄様がラスボスになってしまうしかない世界から、鮮《あざ》やかな色がついた優しい世界に変化していくような気持ちになるのだ。

「また僕の絵を描いたの？」

「もちろんです」

なんといってもお兄様マイスターですから。

あ、でもたまには違うのも描きますよ。

「こっちはモコです」

青い空の下で咲く、満開の黄金のリコリス。その中で花の香りを楽しむ、白くて丸い小さなモコの絵を見せる。

今の耳としっぽのついた子犬っぽい姿も可愛《かわい》いけど、コロコロした毛玉の姿もとても可愛らしかった。

「可愛く描けているね」

「ありがとうございます！」

お兄様に褒《ほ》められるのは、どんな時だってとても嬉しい。

私が嬉しいとモコも嬉しくなるのか、絵の具をのせたパレットの横で、もふもふしたしっぽをブンブン振っている。

「こっちはまだ下描きなんですけど、聖剣を持ったお兄様です」

聖剣グランアヴェールは、今は人間に変化して私専用の執事《しつじ》になって控《ひか》えてるけど、剣の姿はカッコイイ。

だから一度、聖剣を構えたお兄様の絵を描いてみたかったのだ。

執事姿のランは契約者以外が持つ絵に難色を示していたけど、私がカッコよく描くからと言って説得した。

「でも、これじゃ寂《さび》しいよ」

そう言ってお兄様は鉛筆を手に取った。

「ちょっと描き足してもいいかな？」

「もちろんです」

わぁ。お兄様の絵！

もしやこれは合作というのでは。

一生モノの家宝にします！

お兄様は迷いのない手つきで絵を描いていく。

これは……もしかして……。

「私、ですか？」

「うん。いつも僕一人じゃ、寂しいだろう？」

剣を手にしたお兄様の隣《となり》に、モコを抱いた私が立っている。

私とお兄様とモコと聖剣。

この世界に転生して得た、大切な私の家族たちだ。

私は幸せにほっこりしながらも、お兄様から鉛筆を受け取って、白い紙の端っこに、小さくお父様の絵を描《か》き加《くわ》える。

「これで家族が全員集合しました」

「本当だ」

お兄様と私は、目を見合わせて笑う。

幸せで幸せで、胸が切なくなる。

こんな日々がずっと続けばいいと思う。

もうすぐお兄様は学園へと通い始める。

そしてその二年後には勇者アベルとフィオーナ姫《ひめ》が入学してくる。

小説の物語が始まるまでは時間があるけど、お兄様をラスボスにさせないために精一杯《せいいっぱい》努力しよう。

そしてお兄様の幸せそうな笑顔を、永遠に守るのだ。

まずは、魔力過多の特効薬の完成からかな。

私の死亡フラグを叩《たた》き折って、絶対にお兄様をラスボスなんかにさせないんだから。

「お兄様」

「なんだい」

「私、お兄様が大好きです」

「僕もだよ、レティ」

鉛筆を置いて、お兄様に抱き着く。

お兄様の腕《うで》の中で、私はこの上ない幸せを感じていた。

閑話　こんなはずではなかった（ミランダ視点）

かつての景色の美しさに目を奪われた西の庭園を急いで抜《ぬ》けて、私は王妃《おうひ》のサロンを目指した。

王妃殿下《でんか》の縁戚《えんせき》として、私はいつでも自由にここを訪れることができる。

だから今のうちに、王妃殿下に助力を願わねばならなかった。

もしサロンに王妃殿下がいらっしゃらなかったらどうしよう。

いいえ、必ずいるはず。

もしいなかったら、私は……！

足を進めると、優雅《ゆうが》な弦楽器《げんがっき》の音が聞こえてきた。

良かった。

いらっしゃる！

「まあミランダ、どうしたの、そんなに急いで」

私は息を整えながら、侍女《じじょ》の引いてくれた椅子《いす》に座る。

そしてお茶を用意される時間も惜しんで、王妃殿下に頭を下げた。

「王妃殿下、お助け下さい」

「一体何があったのです」

王妃殿下の声はいつものように優しい。

その声に励《はげ》まされて、勢いよく顔を上げた。

「謀《はか》られたのです」

真摯《しんし》に訴《うった》えかけると、王妃殿下は少しだけ首を傾《かし》げる。

私は侍女が淹《い》れてくれた紅茶を飲んで喉《のど》を潤《うるお》す。そうすると少し気が落ち着いてきた。

「王太子殿下とローゼンベルク兄妹《きょうだい》が当家の領地に向かう際、賊《ぞく》に襲われたそうなのですが、それを父の差し向けた刺客《しかく》だと言いがかりをつけられているのです」

「まあ」

あの三人が何の用事でヘル子爵家の領地に行こうと思ったのかは分からない。

でもわざわざ王妃殿下が教えてくれたのだ。その意を汲《く》んで、私はすぐに父に手紙を出した。

道中でもしものことがあってはいけない。

特にエルヴィンは王太子だ。怪我ならばともかく、命を喪《うしな》うようなことになれば――。

そうすれば、次期国王の座に、王妃殿下のお産みになったフィオーナ姫が一歩近づく。

そしてローゼンベルク家の直系はいなくなり、エルンスト様は次代をもうける為に再婚しなくてはならなくなる。

……王妃殿下の推薦《すいせん》を受けた、私と。

でも私は何もしていない。

ただ父に気をつけるように手紙を出しただけだ。

その道中で賊に襲《おそ》われたとしても、どうして父の仕業《しわざ》だと断罪されなければいけないのだろうか。

もし仮に本当に父の仕業だったとしても、それは王妃殿下の秘《ひ》めたる願いを叶えただけのこと。

だからきっと、私たちを助けてくださるはず。

「お母様」

「フィオーナ、よく来たわね」

鈴を転がすような美しい声が聞こえて、王妃殿下の娘《むすめ》であるフィオーナ姫が現れた。

まだ幼いが王妃殿下によく似た美貌で、いずれ絶世の美女になるだろうと言われている。

私は慌《あわ》てて席を立ってお辞儀《じぎ》した。

「フィオーナ王女殿下、ご無沙汰《ぶさた》しております」

でもフィオーナ姫は私をチラリと見ただけで視線を外し、私の挨拶《あいさつ》に応えなかった。

私を無視するような態度に、下げたままの顔を歪《ゆが》める。

「お母様。さきほどお父様からこれを預かりました」

その声は淡々《たんたん》としていて可愛げがない。

セリオスといいフィオーナ姫といい、私の周りにいるのはどうしてこうも可愛げがない子供ばかりなのか。

王妃殿下の許可を得て着席した後は、なんとか苦心してにこやかに見える表情を作る。

子供らしさのかけらもない姿は、生意気で薄気味悪《うすきみわる》い。

もっとも一番気味が悪いのは、あの小娘だわ。

セリオスはまだ外見がエルンスト様に似ているから我慢《がまん》できるけれど、あの女によく似たレティシアはどこを見ても可愛げがない。

まだ子供らしく私になつけば可愛がってやったものを、あんな風に拒絶するなんて。

ちょっと脅《おど》してやろうと思っただけなのに、あんなに大泣きするから大騒《おおさわ》ぎになってしまった。

そのせいで、侍女ではなく衣装部屋の担当に格下げになってしまった。

いずれ私は公爵夫人になるというのに、衣装部屋の担当をしていたなどと周囲に知られたら、夫となるエルンスト様にも恥《はじ》をかかせてしまう。

セリオスもレティシアも、私がエルンスト様の妻になったら、二度と歯向かわないようにしっかり躾《しつけ》てやらなくては。

「まあ。いつからフィオーナはお手紙屋さんになったのかしら」

「ついさっきですわ。本当はお父様が直接渡しにくる予定だったのですけど、お手紙を運ぶだけなら私にできると思って預かってきました」

そう言ってフィオーナ姫は白い封筒《ふうとう》を王妃殿下に渡す。

王妃殿下は爪《つめ》の先《さき》を美しく染めた指で封筒を受け取る。

そして侍女からペーパーナイフを受け取ると、ゆっくりと封を開けた。

急使といっても、こんな子供に渡すくらいなのだから、大した用事ではないのだろう。

それよりも私の方が緊急《きんきゅう》を要する。

そう思って口を開こうとすると、王妃殿下が「まあ」と、目を落としたまま声を上げる。

「お母様、何が書いてあったのですか?」

「困った事になったわ」

王妃殿下は困ったように首を傾げる。

私はそれよりもこちらの窮状《きゅうじょう》をどうにかして欲しくて身を乗り出した。

「王妃殿下、それよりも我が家の冤罪《えんざい》を晴らしてくださいませ」

私が少し強い口調になってしまったからか、王妃殿下は少しだけ眉間《みけん》に皺《しわ》を寄せる。

でもこれくらいの無礼はいつも許してくださっている。

なんといっても、私は王妃殿下のお気に入りなのだから。

でもいつもは優しく私を見つめる王妃殿下の赤い瞳が、懸念《けねん》するかのように伏《ふ》せられる。

王妃殿下の美しく染められた爪が、白い封筒の上をなぞった。

「本当に冤罪なのかしら」

「……え？」

「陛下がきちんと事件を解明するようにと指示なさったそうよ。ヘル子爵家も調べを受けるから、先に教えてくださったみたい」

陛下がわざわざそんな事を……。

でもお忙《いそが》しい陛下が王妃殿下に手紙を託《たく》してまで教えてくださったのは、それによって我が家が罪に問われないように配慮《はいりょ》せよという意味なのではないかしら。

王妃殿下のお茶会に参加した際、何度か陛下にお会いしたから、きっと私の事を覚えてくださっているんだわ。

私はほっと安堵《あんど》しながら王妃陛下が持つ手紙から視線をはずす。

けれど顔を上げた私が見たのは、感情をそぎ落としたかのような冷たい赤い色の瞳だった。

「暗殺集団を雇《やと》ったようで、しっかり契約書《けいやくしょ》が残っていたのだとか」

そんな。嘘《うそ》よ。

暗殺集団がそんな証拠《しょうこ》を残すはずがないわ。捏造《ねつぞう》よ。

「ですから捏造ですと先ほどから――」

弁明しようと焦《あせ》る私は思わず立ち上がった。

するとフィオーナ姫がわざとらしく体を震わせる。

「お母様、怖《こわ》いですわ」

言葉では怯《おび》えるような素振りをしているが、私を見るフィオーナ姫の真っ赤な瞳はどこまでも冷たい。

その視線に既視感《きしかん》があった。

そうだ。

あの生意気な子供、セリオスに似ているんだわ。

人を人とも思わない態度で馬鹿にして――！

いえ、ここでカッとしてはいけないわ。

王妃殿下の慈悲《じひ》を請《こ》わないと、我が家は破滅《はめつ》よ。

あんなに私を可愛がってくださったので、私はすがるように王妃殿下を見る。

でも見上げた王妃殿下の目は、さっき見たフィオーナ姫のそれとまったく同じだった。

「残念ね……。せっかくローゼンベルク家と縁続《えんつづ》きになれると思っていたのに……。ああ、でも良いことを考えたわ。フィオーナとセリオスが婚約をすれば良いのではないかしら」

「お母様、それは――」

困ったようなフィオーナ姫に、王妃殿下は私を無視して話を進める。

「ふふ。とりあえず婚約して、それからのことは大きくなったら考えれば良いのではなくて？」

フィオーナ殿下はそれに答えず、席に着いて侍女の淹れた紅茶を飲む。

その仕草はとても優美で、指の先まで美しかった。

まるで私がいないかのようにふるまう二人に、感情が爆発する。

どうしてそんな他人事のように！

すべては王妃殿下の為に動いたことだというのに！

「私がすべて喋《しゃべ》ってもいいのですか！」

「喋るって、何をかしら」

「王妃殿下がフィオーナ姫を王位に就《つ》けようと、エルヴィン王太子殿下の暗殺を企《たくら》んだことです」

興奮のあまり息が切れる。

肩《かた》で息をしていると、王妃はわざとらしく目を丸くした。

「暗殺だなんて、そんな恐《おそ》ろしいことは考えたこともありませんよ。ヘル子爵家では、そう考えるのが普通なのかしら」

「お兄様とセリオス様の暗殺を計画するくらいですから」

「本当に怖いわ」

私を、我がヘル子爵家を切り捨てるつもりだというのが分かった。

ギリギリと、歯をくいしばる。

こんなはずではなかった。

我が家は王妃の言葉に出さない願いを叶《かな》える為に、手を汚《よご》したのに。

「残念だわ。ミランダがローゼンベルクとしてフィオーナの助けになってくれればと思っていたのだけれど……」

王妃の言葉と共に、衛兵がやってきて私を拘束《こうそく》する。
「放しなさい！　私は何もやっておりません。王妃殿下、王妃殿下！」
私の声など聞こえないかのように、母娘《おやこ》でお茶を楽しむ二人の姿が視界の端に映る。
許さない、絶対に許さない。
確たる証拠がないとしても、絶対に王妃も道連れにしてやる――！
引き立てられる私の前で、故郷でよく見た白いリコリスが揺れていた。

番外編 レティシアのお絵描き（一歳編）

我が最愛の推しであるセリオス・ローゼンベルク様の妹に生まれ変わった私には、必ずやり遂《と》げなければいけない使命がある。

それは最高にカッコよくて美しくて可愛いセリオス様のお姿を絵に残す事である！

だって、セリオス様の家族という立ち位置なら、一日中そのご尊顔を拝ませて頂けるのよ？

でも記憶《きおく》のシャッターをたくさん押しても、頭の中にしか残っていない画像はやがて薄れていってしまう。

一応お兄様が生まれたばかりの時に描かれた天使のような肖像画はあるけど、毎年新しい絵を描いてもらう訳じゃないし、残念ながらお兄様の完璧な美貌《びぼう》をちゃんと描けるほどの腕を持つ画家はいない。

完成度に関しては、お兄様の完璧すぎる美貌をそのまま写し取るのは不可能だからそれは諦《あきら》めている。

ただ、実物のお兄様の百万分の一でもいいからその魅力《みりょく》を伝えたいと思うのは、決して私の我がままではないはずだ。

そこで私はお兄様に紙とクレヨンを用意してもらった。

小説『グランアヴェール』の世界は、中世と近世のヨーロッパが混ざったような文化になってるんだけど、意外と生活は便利だ。

例えば水。

平民の場合は村にある共同の井戸から水を汲《く》み上げて壺《つぼ》に入れて使うんだけど、貴族の場合は直接用水路から水を家の中に引いていて、蛇口《じゃぐち》をひねったら水が出てくる。

そしてペンも羽ペンとかじゃなくて、ガラスペンみたいなのを使っていて、なんと鉛筆も、黒色だけだけどクレヨンもあるのだ。

まだ一歳の私は、ちゃんと鉛筆が持てないけど、クレヨンなら握《にぎ》るように持てばいいので、私にも絵が描けるのである。

ふふふ。

私は白い紙の前で床にうつ伏せになって、クレヨンを手にした。

ふふふふふ。

お兄様のあの美少年姿を後世に残すのは、この世界に転生した私に与えられた使命だと思う。

というか、私以外にお兄様の魅力をあまねく伝えられる人間がいるだろうか。

断言できる。絶対にいない！

私はお兄様の姿を写すという神聖な儀式《ぎしき》を始めるにあたり、きりっとした表情を心掛《こころが》けてクレヨンを持った。

まずはお兄様のまだ少しふっくらとした輪郭《りんかく》から描いてみよう。

こうして、こうして……こうかな。

あ、ちょっとイメージが違うから、こっちに線を描いて……。

待って。こっちの線にしたほうが良さそう。

そしたら、ここはこうで、こっちは……。

「ダメでち……」

手をクレヨンで真っ黒にしながら一時間ほど悪戦苦闘《あくせんくとう》した私は、白い紙を前にうなだれた。

何とか描けたけど、想像してた似顔絵と違い過ぎる。

あんなに一生懸命《いっしょうけんめい》描いたのに、出来上がったのはお兄様ではなくてジャガイモだった。

おかしい。

私のお兄様への愛は、こんなものだったのだろうか。

いや、絶対にそんな事はない。

初めて描くから、うまくコツをつかめなかっただけよね、うん。

私は失敗作を丸めてから、もう一枚の紙を床に置いた。

モコが、丸めた紙に興味を持って、コロコロ転がして遊んでいる。

失敗作も無駄《むだ》にならなくて良かった。

よし、では気を取り直して、っと。

「もっかい描きましゅ」

次は絶対にお兄様の可愛らしさと美しさを、この白いキャンバスにそのまま写し取ってみせる！

何回かのチャレンジの後、私はついに納得のいくお兄様の絵を描き上げることができた。

「やったあああ！」

クレヨンで描いたお兄様は、ちょっとデフォルメされていたけど、それでもちゃんとお兄様に見える。

「カッコイイでちゅ」

ほう、と感嘆《かんたん》のため息をつくと、小さな白い毛玉が転がってきた。

「モコもカッコイイと思いましゅか？」

私の質問に、モコは大きな黒い目を瞬《またた》かせた。

賛同してるのかな……。きっとそうだよね？

私を見ていたモコは、何かに気がついたように、ポーンと大きく跳《は》ねる。

振り返ると、最愛のお兄様が立っていた。

「にーたま！」

私はクレヨンを置いて、最愛のお兄様に抱き着いた。

ああ、お兄様。今日も良い香りがします……。

「レティはお絵描きをしていたの？」

そして小首を傾げるお兄様の可愛らしさといったら……。

切実にスマホが欲しいです。

お兄様は私を抱っこしたまま床に座った。

私のお部屋は土足厳禁にしているので、そのまま座っても何の問題もない。

「良く描けているね」

「ありまとでしゅ」

ふふふ。お兄様への愛が詰まっていますからね。

「レティは豆が好きだものね」

……ん？

豆……？

「特にこの、そら豆のへこんでいるところがよく描けているね」

そう言ってお兄様は、目と鼻を描いたところを指さした。

……。

…………。

ま、まさか……お兄様にはこの絵が豆に見えるのでしょうか……。

なんということでしょう。

こんなに完璧《かんぺき》なお兄様に、審美眼《しんびがん》が備わっていないなんて！

いや、でも、完璧すぎるお兄様に、こんな可愛い欠点があるというのは、むしろご褒美《ほうび》では？

うんうん。

何も欠点がない人間よりも、どこか抜けたところのある人の方が何倍も魅力的《みりょくてき》だよね。

私はそう納得すると、お兄様にも自分の美しさを分かってもらえるくらい凄《すご》い絵を描けるようにならなくては、と心に誓《ちか》ったのである。

あとがき

彩戸《あやと》ゆめです。
『グランアヴェール～お守りの魔導師は最推しラスボスお兄様を救いたい～』を手に取ってくださってありがとうございます。
小さい女の子を主人公にするのは楽しかったです。可愛い女の子が拙い言葉遣いで一生懸命お喋りするのって可愛いですよね。
ただ、最推しのお兄様に萌えるレティがすぐ暴走しそうになるので、暴走しないようにするのがちょっと大変でした。すぐに「ふおおおおお！」とか雄たけびをあげてしまうんですもの（汗）
でも最推しが近くにいたら、こうなっちゃうのも仕方がありませんよね（汗）
まろ先生の素敵なイラストによって生き生きと描かれるレティシアと、まだ少年なのに美形すぎるセリオスお兄様、そしてラブリーなモコとかっこいいランもぜひお楽しみください！

コミカライズ決定！
コミックでも転生幼女が大活躍！
漫画●夏河もか
原作●彩戸ゆめ
キャラクター原案●まろ
コミカライズ版
『コミックファイア』にて
2023年春 連載開始予定！

Grand
次回予告
Avail
2
なんとか黄金のリコリスを手に入れ、
魔力過多による死亡フラグを乗り越えたレティシア。
お兄様からの溺愛もますます加速し続ける中、遂に小説本編
の時間軸――つまりお兄様が魔法学園へと入学することに！
年齢の関係でしばらくお留守番なレティシアだけど、お兄様の
ラスボス化フラグを折るために引き続き頑張ります！
グランアヴェール
お守りの魔導師は最推し
ラスボスお兄様を救いたい
第2巻 2023年9月発売予定！

HJ NOVELS
HJN70-01

グランアヴェール 1
お守りの魔導師は最推しラスボスお兄様を救いたい

2023年1月19日　初版発行

著者――彩戸ゆめ

発行者―松下大介
発行所―株式会社ホビージャパン
〒151-0053
東京都渋谷区代々木2-15-8
電話　03(5304)7604（編集）
03(5304)9112（営業）

印刷所――大日本印刷株式会社

装丁――小沼早苗（Gibbon）／株式会社エストール

定価はカバーに明記してあります。

Printed in Japan

ISBN978-4-7986-3050-2　C0076